箱《はこ》庭《にわ》のうさぎ

葵《あお》居《い》ゆゆ
ILLUSTRATION：カワイチハル

箱庭のうさぎ

LYNX ROMANCE

CONTENTS

箱庭のうさぎ

◇　二か月前　◇

清潔に磨《みが》かれた硝子《ガラス》の向こうで、小さなクリスマスツリーが金色と赤の明かりを交互に点滅させていた。

利府《りふ》響太《きょうた》は向かいあって座った伊旗《いはた》雪《ゆき》から微妙に目を逸《そ》らして、彼女の背後のツリーを見ていた。

今聞いたことを、できればあまり理解したくなかった。

「聞いてる？　響太くん」

「――はい」

聖《ひじり》に――雪の弟であり、響太の幼馴染《おさななじ》みである伊旗聖に似た静かな口調で問われて、響太は頷《うなず》いた。

聞いてはいた。

聖と雪の母親で、響太もずいぶんお世話になったおばさんが病気であること。

手術したが、状況は思わしくないこと。

これから定期的な治療がはじまることになっていて、おばさん本人は明るく気丈《きじょう》に振る舞っているけれど、唯一漏《も》らした弱音があること。

それが、「私がしっかりしているうちに、雪と聖には結婚してもらって、孫の顔が見たいわ」という言葉だったこと。

どれも衝撃的すぎて、すぐに受けとめて納得するなんてできそうもない。

「こんなこと、響太くんに頼むのは筋違いかもしれないけど、聖は姉の私が言っても聞くような子じゃないから。響太くんからも言ってくれない？　お母さんに親孝行するためにも、結婚を考えてって」

楽しいはずの金色と赤の煌《きら》めきが空々《そらぞら》しかった。普段は穏《おだ》やかでもの静かな雪の口調が、どこか迫るように聞こえるのは――気のせいだろうか。

響太はポケットの中のピルケースを握りしめた。中には昔聖が書いてくれたメモが入っている、大事なお守りだ。『ずっと一緒だ』とペンで大きく書かれた、響太をさみしさから救い出してくれる魔法のお守り。

「俺も――おばさんには元気になってほしいって思うし、聖だってきっとできるだけのことをしたいと思ってると思います。……でも、そういうの……無理に、しようとして、できるものじゃない、んじゃないですか？」

「わかってるわ」

雪は小さく頷いて、コーヒーのカップを取り上げる。病院の一階にある小さい喫茶《きっさ》スペースは、なにもかも白で統一されていて、いかにも清潔だ。コーヒーだけが黒い。雪にあわせて頼んだコーヒー。

「私だってお母さんだって、今恋人もいないなら無理は言わないわよ。決めるのは結局本人だし。でも、聖にはちゃんと、定期的に会ってる女性がいるの。千絵《ちえ》さんていう人」

「――え？」

ゆらゆらしていた世界が、さらに希薄《きはく》に遠のいた気がした。

ぽかんと雪の顔を見ると、雪は長いしっとりした黒髪を揺らして首を傾《かし》げた。

「知らない？　男の子同士ってそういう話はしないのかな。とにかくいるのよ」

知らなかった。ぼんやり、晴天の霹靂《へきれき》、という言葉が浮かぶ。青空に雷《かみなり》ってわくわくしない？　と言ったら、聖に「おまえはそうかもな」と呆《あき》れた顔をされたのは、いつのことだったろう。

今は、突然雷が鳴ったというより、空だと信じていた場所が爆発して穴が開いて、違う世界が見えている、みたいな気分だった。

「こういうことにならなければ、結婚はもっと遅い年齢になってからっていうのも珍しくないけど、でも、私と聖は今決断するべきだと思うの。なにが一番大切で、誰が一番大切か」

爆弾を落としたことに気づいていないらしい雪は、きちんとした所作《しょさ》でコーヒーカップを傾けて、ソーサーに戻す。黒目がちの目が静かに響太を見据《みす》えてくる。

「いつかは、そうやって決断して、結婚するんだから、それが今でもいいでしょう？　私たち、人生を考えるべき節目《ふしめ》にいるの。――響太くんだって、同じよ」

響太はなにも言えずにまばたきした。そんなはずはない、と言いたかった。聖に、定期的に会う女の人、つまり彼女がいるだなんて聞いてない。大きなパティスリーで毎日のように忙しく働いて、帰宅してからはせっせと響太のために食事を作ってくれる聖が、響太に内緒《ないしょ》で誰かとつきあったりするはずがない。――はずがないと、思いたかった。

でも帰宅する前に聖がなにをしているかなんて、響太は知らない。深夜十二時に帰宅してくることもあるけれど、それは単純に仕事が忙しいのだと思っていた。

「いつまでも子供じゃいられないってこと。親が年を取っていくように、私たちだって、どんどん責任の重い年齢になってきてるんだって、実感したの」

もう一口コーヒーを飲んだ雪は響太を見つめて言った。

「響太くんがずっと大変だったのはわかってる。だから聖が気にかけるのもわかるし、そういう弟のことは誇りに思ってるの。でも、もう大丈夫よね？　響太くんだって、イラストレーターとして立派に仕事してるんでしょ？」

「……立派じゃ、ないです」

じわっと胸の中で薄い水色が広がった。冷たくて悲しい色で胸が痛む。「リアルなおとぎ話のよう」と言われる緻密《ちみつ》で繊細《せんさい》な響太の絵は、女性の受けがいいらしくて、仕事は定期的にもらえている。でも、好きなことをしているだけだから、仕事として立派にやっている、という気がしなかった。

雪は強張《こわば》った顔の響太を見て、少しだけ微笑《ほほえ》んだ。

「十分すごいと思うわ。自分の才能で食べていけるなんてほんの一握りでしょう。響太くんはもう大丈夫だし——それに、そういうクリエイティブなお仕事なんだもの、もっと広い世界に出ていったほうがいいんじゃない？　聖といつまでもべったりしてるのは、響太くんのためにはならないと思う」

「——」

「響太くんは、お仕事のためにももっといろんな人と関わりを持って、自由になったほうがいいわ」

雪の声は揺るぎなかった。響太は反論できないまま、雪の声を聞く。

「それはもちろん、響太くんだけじゃないわ。聖も、それから私も、将来について、真面目《まじめ》に考えるタイミングだと思うの。家族でもない響太くんにまでこんなこと言って悪いけど……私、響太くんのことは、もう一人の弟みたいに思ってるから」

雑誌も買ったわ、と雪は仕事用らしい大きめのバッグから表紙を覗《のぞ》かせた。響太が毎月絵を描かせてもらっている雑誌の、ちょうど発売中の二月号だった。実際はまだ十二月なのに、二か月も未来の時を記《しる》した雑誌は、いつも響太を不思議な気持ちにさせる。

「先週、聖にも同じ話をしたんだけど、聖ったら意固地《いこじ》になって聞く耳を持たないの。『親孝行ならほかの方法でするし、俺のことは放っておいてくれ』、だって。勝手よね。小さいときからそうなの。なんの相談もなく決めちゃうし、人の言うことは聞かないし。猫を拾ってきたときもそう、進路を決めるのもそう。ほんとに、困っちゃう」

ふう、とため息をついて、雪はテーブルの端の伝票を取り上げた。あ、と半端《はんぱ》な声を出した響太に、にこっと笑いかける。

「今日はお見舞いのお礼も兼ねて奢《おご》るわ。響太くんもよく考えてみて。それから、聖の説得のこと、よろしくね」

席を立ってレジに向かう、幼馴染みの姉の後ろ姿を見送って、響太は無理やり『箱』の蓋《ふた》を閉めた。蓋には大きな穴が開いてしまっていて、閉じてもそこから冷たい色が零《こぼ》れてくる。

いつもなら、身体《からだ》の中にあるその箱の蓋さえ閉じてしまえば、悲しい気持ちも嫌《いや》な感情も、なかったことにできるのに。

「『だぁいじょうぶ。人間、なんとかなるように、できてるんだから』」

呟《つぶや》いてみても、説得なんてできる気がしなかった。

聖が聞いてくれないからではなくて——とてもできない。

聖が自分のものでなくなるなんて、考えたこともなかったたし、考えられない。

できないと思うけれど、響太は同時に気がつかされていた。

聖は響太の幼馴染みだ。それはつまり友達ということで、友達はずっと友達かもしれないが、今と同じように二人で生活し、聖が響太のために食事や甘いお菓子を作ってくれる時間は、いつか終わりが来る。

半年後か、一年後か、もっと先かはわからなくても、いつか絶対に終わるのだ。

だって聖は友達で、伴侶《はんりょ》でも保護者でもないのだから。

◇　現在　◇

はっと目が覚めたとき、響太は一瞬自分がどこにいるのかわからなかった。部屋はうす暗く、丸まるような格好から顔を上げると、目の前にあるパソコンもすっかりスリープモードになっていた。ぼうっとする目をこすってキーボードを叩き、画面を表示させると、時刻は午後五時過ぎだった。メーラーが立ち上がっていて、そうだ仕事のデータを送信したんだった、と思い出す。途端《とたん》、ぐう、とお腹《なか》が鳴った。

聖のスープか、せめてメモを食べたい。

かさかさの紙が唾液《だえき》でしんなりして、繊維《せんい》のざらつきと一緒にほのかな甘さを感じるところを思い描き、暗い室内を見回し、響太は長いため息をついた。

引っ越してもうすぐ一か月経つのにいまだ見慣れない1Kのアパートの室内には、片付けられていないダンボールがそのままになっている。暖房こそついているものの、響太しかいない部屋は寒々しかった。

仕事用のデスクの前から立ち上がると、強張った身体があちこち音をたてた。それに、猛烈に空腹だった。胃の底のほうがねじれるように痛む。もう丸一日以上、なにも口にしていないのだから当然だが、空腹すぎて目眩《めまい》がする。

ちらっと目を向けたデスクの隅には聖のメモがある。一週間前に、仕事がどうしても終わらないから集中して作業したい、だから家に来ないでくれ——と身勝手な頼みをした響太のために、聖がドアノブにかけてくれた作り置きの食事と一緒に入っていたメモの、最後の一枚だ。

独《ひと》りきりで食べても、聖の煮込みハンバーグはとてもおいしかった。おいしくて嬉しくて、二食分あったそれを一回で平らげて、二日目には十枚あったメモを九枚食べ、残りの一枚だけは大事に取っておいたのだけれど。

ぐっぐぅ、とやたらリズミカルに、またお腹が鳴る。

(……食べられないなら、お腹すかなきゃいいのに)

響太は十四歳のときから、幼馴染みの伊旗聖の作ったものか、そうでなければ一緒にいるときしか食べられない。

そのかわり、聖の触れたものならただの紙でも食べられる。

聖がいなければ水も飲めないほどひどかったのは最初の三年ほどで、そのあとは聖の「お守り」があれば一人でも食事ができるようになっていた。だが、一人暮らしをはじめて一月、その厄介《やっかい》な症状はまた悪化してきている。

食べられない、でも腹は減る。

響太はわがままな自分の身体に再度ため息をつきたくなりながら、そろりとメモに手を伸ばした。黄色い付箋《ふせん》には、几帳面《きちょうめん》な聖の字で、『メールの返事は期待してないが、腹が減ったらちゃんと連絡すること』と書かれている。整った文字は似合わない可愛らしい赤い色で、ふっと気持ちが緩《ゆる》んでしまう。

見ていると涎《よだれ》が出てきて、響太は結局付箋を口に入れた。薄いのに硬い紙を歯で挟《はさ》み、嚙《か》みちぎって咀嚼《そしゃく》する。表面のかすかな塩気とインクの甘味、しなしなとすぐ溶けてしまうパルプの味。はかない、一口にも満たないそのメモをごくんと飲み込むと、いっそう空腹感が増して、響太は胃の上に手をあてた。

「これだけ……お腹がすいてたら、食べられるんじゃないかな」

痛むそこをさすりつつ、響太は自分に言い聞かせるように呟いた。そうだ、きっと大丈夫。一昨日食べて吐いてしまったのは、まだそれほど空腹ではなく、コンビニのおにぎりだったせいだ。今日なら、ほかのものは駄目でも、大好きな甘いものならいけるんじゃないだろうか。

「『だぁいじょうぶ。人間、なんとかなるようにできてるんだから』——よし」

気合いを入れるために響太は握りこぶしを作って立ち上がった。ふらつく身体をなんとか支えながら、マフラーをぐるぐる巻きにして外に出る。

外は予想以上に寒かった。日はすでに落ちていて、西にわずかだけ夕焼けの色を残した空には、もう小さな星が光っている。風は冷たく、響太は上着を着てくればよかったと後悔したが、取りに戻ったら気力が萎《な》えそうな気がして、そのまま歩き出した。

今のアパートに引っ越してきたのは一月ほど前だが、以前に聖と住んでいたマンションもさほど遠くないので、街自体は馴染みがある。最寄《もよ》り駅まで徒歩二十分の道のりの途中にケーキ屋があって、そこのケーキは何回か、聖と食べたことがあった。もちろん、聖が作るもののほうが何倍も何倍もおいしいけれど、イチゴたっぷりのロールケーキはおいしかったし、洋梨のケーキもキャラメルの苦みが効いていて、好きな味だった。

舌に甘苦い味を思い出すのと一緒に、心臓が軋《きし》むように痛んだ。

聖のことを思うと痛い。基本的に楽天的でのんきな響太にとって、それは初めて味わう痛みだった。初めてなのに、知っている痛みだ。曇った冬の日の夕方みたいな灰色。

伊旗聖は響太の幼馴染みで、背が高くて、もの静かでかっこよくて凛々《りり》しい、自慢の親友だ。面倒見がよくて優しい彼は、きっと今頃響太の心配をしているに違いなく、彼を避ける口実にしていた仕事もさっき終わった。全然うまく仕上がらなくて、図らずも大幅に締切をオーバーしてしまったし、迷惑をかけてばかりの自分は情けないと思うけれど——否《いな》、思うからこそ、聖にはもう面倒をかけないようにしなければいけない。

（……聖のごはんが食べたい、なんて贅沢《ぜいたく》だよね）

きしりとまた胸が痛み、マフラーに顔を半分埋めて、響太は自分に言い聞かせた。

胸が痛いのは代償《だいしょう》だ。十四のときから十年間、響太は聖に甘えたまま生きてきて、聖さえいればたいていのことは「まあいいか」とすませてしまえる、のんきな人生を送ってきた。

聖みたいな幼馴染みがいて、その幼馴染みが自分をとても大切にしてくれるだなんて、恵まれすぎだったのだろう。担当の篠山《しのやま》に聖のことを話して、「利府さんみたいにぼーっとした人に伊旗さんみたいな人がいるって奇跡的ですね」と言われるまで、恵まれていることに気づかなかったくらいに。

聖の姉の雪に指摘されるまで、終わりのある特別な時間を過ごしているのだと、知らなかったくらいに。

凩《こがらし》が吹き抜けて、響太はマフラーに顎《あご》を埋めた。すぐ冷たくなる耳がじんじん痛い。耳痛い、と言うと聖は呆れた顔をして、大きな手で頬ごと耳を包んでくれたっけ――と思い出して、急いで首を振る。

思い立ったら即行動だと、大急ぎで物件を決めて引っ越しし、聖とのあいだに強制的に距離を置いたというのに、以前より聖のことを考える時間が増えて、なんだか苦しい。

足を速めると、またお腹が鳴った。食べられないとわがままを言うくせに食い意地が張っている自分の胃袋に「はいはい」と小さく返事をして、ようやくたどり着いたケーキ屋に足を踏み入れると、カウンターの中の店員が気づいてこちらを向いた。さらりとした茶色い髪のよく似合う三十代半《なか》ばくらいの男性は、前来たときと同じ人だ。

「いらっしゃいませ」

やわらかな声で挨拶《あいさつ》されてぺこんとお辞儀《じぎ》して、響太はショーケースの中に目を向けた。二月だから、バレンタインを意識したケーキが何種類かある。それから冬らしい林檎《りんご》のタルトや、栗やかぼちゃのケーキ。定番のレアチーズやベイクドチーズ、シュークリーム。どれも可愛らしくおいしそうで、響太は迷った末に指をさした。

「えっと、この、胡桃《くるみ》入りチーズケーキをひとつください」

「胡桃入りチーズケーキをおひとつですね。ほかにはなにか？」

にこやかに聞き返され、響太は一瞬言葉につまった。ひとつじゃ駄目なんだろうか。普段なら――聖が一緒だったらケーキ四つは余裕な響太だが、食べられないかもしれないのに四つ買うのはちょっとためらわれる。

黙っているうちに、店員のほうが困ったように笑った。

「ああ、すみません。決まり文句で、必ずほかにご入り用がないか確認することになってるんですけど、もっと買えってことじゃないんですよ。今ご用意しますね」

「……すみません」

恥ずかしくなって響太が俯《うつむ》くと、店員が穏やかに続けた。

「お買い上げありがとうございます。前にも来てくださったことありますよね？」

「はい、あります。……覚えてるんですか？」

「住宅街の店ですから、いらっしゃるお客様はだいたい覚えてしまうんです。お一人でいらっしゃるのは初めてですよね」

「――はい」

「一人でも食べたいくらい気に入ってくださったなら嬉しいです。お持ち歩き時間はどれくらいですか？」

「十五分くらいです」

「ではこのままで大丈夫ですね、今日は寒いですから。――四百二十円になります」

落ち着いた声で言った店員は、響太が差し出した千円札を微笑みながら「千円お預かりいたします」と受け取ってくれ、丁寧にお釣《つ》りを返してくれる。

「はい、箱はあまり揺らさないように、お気をつけてお持ちくださいね」

ケーキの入った箱を渡されるとき、一瞬、ひんやりした指が響太の手に触れた。撫《な》でられたような気がして響太はぎくりとしたが、店員は何事もなかったように微笑む。

「今度は、またよかったらお友達もご一緒にいらしてくださいね」

「……はい」

聖のことだとわかって、響太は急いで踵《きびす》を返した。摑《つか》まれたようにまた心臓が痛む。痛んで、せつなくて、寂しくなる。

響太だって、また聖とケーキを買いに来たりできたらいいと思う。もし自分が聖のことを、普通に親友として大事に思っていれば、後ろめたく思うこともなくたまに会うくらいのことはできただろうに、今はそれさえできる気がしない。

だって、もし聖本人にこの気持ちがばれたら、いくら聖だって受け入れてくれたりはしないだろう。聖のことだから冷たくあしらったり、それを理由に付き合いをやめるようなことはないだろうが、内心はうんざりするだろう。

聖が自分を置いてほかの誰かと勝手に幸せになるだなんて許せない——と響太が考えていると知ったら、いくら聖だって嫌になる。

響太でさえ、自分がこんなにうす汚い、欲張りでわがままな人間だなんて知らなかった。

駄目なんだ、と響太は呟いた。誰にも聞こえないように、自分のためだけに。

聖がいなければ食事もできないような甘えた自分から卒業し、そうしてこの焦《こ》げつきそうな独占欲も消してしまわなければ駄目だ。

「……もう子供じゃないもん」

それがどんなにつらいことでも、世界で一番大切な聖のために、今度は響太が努力する番だった。

黙々と歩いてアパートに戻り、仕事用とは別の、小さなテーブルにケーキを出して、響太は腕まくりした。片手で、聖のお守りメモの入ったピルケースを握りしめる。

深呼吸して気持ちを落ち着け、フォークでちょっぴりだけケーキの先のほうを削《けず》って口に入れると、チーズの爽《さわ》やかな酸味と甘みが広がった。

「――おいしい」

よかった、と思うと肩から力が抜けた。ちゃんとおいしい。以前に聖が作ってくれたチーズケーキに味が似ている。二口目も口に入れ、飲み込むのももどかしく、残りは手づかみでまとめてむしゃむしゃ食べた。

こんなことだったら四つ買えばよかった、と思いながらお茶でも淹《い》れようと立ち上がりかけ、響太はぎゅうっと胃が縮まるのを感じた。

あ、吐く、と思うあいだにも熱い塊《かたまり》が逆流して、慌《あわ》ててバスルームに飛び込む途中で、押さえた手に吐き出してしまう。

なんとかたどり着いたトイレの前で崩れるように膝をつき、響太は結局全部戻して、ぐったり脱力した。吐いたことによる体力の消耗より、また食べられなかった、というがっかり感で立ち上がる気力が湧《わ》かない。

（おいしいと思ったのに——聖とだったら、なんでも食べられるようになってたのに）

このままなにも食べられなかったら死んでしまう。響太が死んだら優しい聖はきっと自分を責めてしまうから、それだけは避けたいのだが。

「食い意地張ってるんだから、こういうときこそそれを発揮してほしい……」

胃を押さえつつ、でも二週間くらい食べられなかったらさすがに吐かずに食べられるようになるんじゃないかな……と考えていると、バスルームのすぐ横にある玄関から音がした。カチリとドアノブの動く音に、そういえば鍵をかけてなかった、と顔を上げるのと同時、玄関ドアから聖の顔が覗いた。

眉《まゆ》のくっきりした、さっぱりと整った聖の顔が、座り込んだ響太を見てくっとしかめられる。響太は慌てて立ち上がった。

「ひ、聖！　なんで来たの」

「なんでって、仕事終わっただろう」

「——なんでわかるの？」

仕事のデータは担当の篠山に送信しただけで、聖にはまだなんの連絡もしていない。だが聖は響太の問いを無視して響太の手を取った。

「いいから口をゆすげ。飯《めし》持ってきたから」

立ち上がらされ、肩をぽんぽんと叩かれて、響太はぎゅっと唇を噛んだ。

「いらない」

「なんだよいらないいって。腹減ってるだろ」

「でも」

「ほら、つったってると邪魔だから」

呆れたような目線を投げかけられて、響太はしおしおと洗面台で口をゆすいだ。ついでに手と顔を洗ってワンルームの部屋に戻ると、聖は小さなキッチンでスープをあたためていた。電子レンジが元気よく稼働している。

「チキンのトマト煮にしたからな。——食ったケーキ、駅前の『ブルースノウ』のだろ？」

「うん……」

「食べたいなら、言えば買ってきてやったのに。そんなに腹減ってたのか？」

「——う、ん」

広い背中に、きゅっと胸が痛む。小さなダイニングテーブルの椅子《いす》を引いて座って、聖は本当にかっこいいな、と響太は思う。

百六十三センチしかない身長に、ひょろりと細い手足、目ばかり大きい小作りな顔とふわふわの癖《くせ》っ毛という、子供っぽく頼りない自分とはなにもかもが違う。しっかりした体躯《たいく》に、きりりとした顔立ちはいかにも精悍《せいかん》だし、動きもしなやかで見ていて快い。持参した料理を手際《てぎわ》よくあたためた聖は、響太の前に皿を並べると、ふわっと身をかがめた。

抗《あらが》う隙《すき》もなく顎を持ち上げられ、ちゅ、と短く唇が触れてくる。

「ほら、いただきますしろ」

やんわりと軽いキスは、おまじないだ。響太がごはんをちゃんと食べられるおまじない。

これが嬉しい自分は、きっと汚い。ほかの誰かに同じように優しくする聖を思い浮かべると怒りさえ湧いてくる。

「……聖のごはんだから、おまじないいらないのに」

「さっき吐いただろ。だから、念のため」

向かいの椅子に腰を下ろして、聖は自分の分のスープを口に運ぶ。ベーコンと白菜《はくさい》のミルクスープはたまらなくいい匂いで、響太もスプーンを手に取った。

優しい味つけのミルクスープは白菜が甘くとろけていて、一口食べるととまらなくなる。響太はふさいだ気分も忘れて夢中で半分食べ、チキンのトマト煮にも手を出した。しっとりした胸肉と酸味の効いたトマトソース。ちょっぴりガーリックが効いていて、ハーブの匂いがさらに食欲をそそった。

「響太、ほっぺたにソースついたぞ」

「んぐ」

「ゆっくり食えって」

思わず、というように苦笑した聖が手を伸ばして、響太の頬をぬぐった。ごくん、と鶏肉を飲み込

んで、響太はしばし聖に見とれた。

聖は深い森のような緑色が似合う。落ち着いていて神秘的で、安心をくれる色だ。その色に包み込まれるようにして暮らすのが、当たり前だと思っていた。聖が響太を大事にして、世話を焼いてくれて、隣にいてくれるのが日常で、それはずっとずっと未来まで変わらないのだと信じていた。

視線に気づいた聖が顔を上げ、響太を見てかるく眉を上げた。

「どうした？」

「……んん。なんでもない。おいしくて」

響太は急いでチキンの残りを口に入れた。聖が彼女にもこんなふうにするのかなと思ったら悲しくなった、なんて絶対言えない。

口いっぱい頬張《ほおば》る響太に、聖は目元だけで微笑んだ。

「仕事に集中すると食うのおろそかにするからな、おまえ。それだけ集中できるのはすごいと思うが、だからこそ、一人暮らしは危ないぞ」

諭《さと》すような聖の声に、響太はむっと唇を引き結んだ。聖と生まれて初めて喧嘩《けんか》したのは引っ越しを勝手に決めたときで、聖はいまだに響太の一人暮らしについて納得していないのだった。

「危なくないよ。自分のことくらい自分でちゃんとできるし」

「一か月経つのに、片付けも終わってないのはちゃんとできるとは言わない。それに、仕事だって結局遅れただろう」

「……遅れてない」

「嘘《うそ》つくな」

呆れたように聖は言い、それから、深いため息をついた。

「一人でも食べられるようになったって言ってたくせに、嘘だったじゃないか」

「それは……」

そう、嘘をついたのだ。聖から離れて一人暮らしをするために、もう聖がいなくてもなんでも食べられるから、と言って無理やり引っ越した。

「た、食べられてたよ。昨日まで」

「おまえ嘘つくときめちゃくちゃまばたきの回数多くなるから、嘘は言うだけ無駄だぞ」

「そっちこそ——黙ってたじゃん。彼女できたって」

言いながら完全に子供じみたわがままだと響太も思ったが、聖は案《あん》の定《じょう》不機嫌そうに眉をひそめた。

「だから、何回も言っただろ。忘れたのか？　彼女なんかいない。姉貴が言ってた千絵なら、専門学校時代の知り合いってだけだ」

「いいよ、嘘つかなくて。べつに邪魔する気ないし」

そう言って残りのスープを飲み干すと、聖は睨《にら》むように響太を見つめてくる。

「姉貴の言うことと、俺の言うことなら、響太は姉貴を信じるのか？」

「——そういうことじゃないもん」

「じゃあどういうことだよ。俺が彼女はいないって言ってるのが、信じられないんだろ」

「信じられないんじゃなくて……」

というよりも、気がついてしまったのだと説明するのは難しかった。千絵という名前の女性が彼女だろうと彼女でなかろうと、同じことだ。聖は響太のものではなく、いずれ誰かと結婚する。

（結婚しなくたって……俺のじゃなくて、雪さんとかおばさんとか、伊旗家の、家族のものなんだよね）

そんな当たり前のことも忘れてのほほんと暮らしてきたのは間違いで、もう終わりにしなければいけないと気づいたから、同居はやめて引っ越しした。

「——優しくするのは、彼女にしなよ、って言いたいだけ」

どうして聖に説明できないんだろう、と思いながら響太はそう言った。頭の中で論理的に考えたことを、そのまま口にすればいいだけなのに、聖の顔を見ていると言えなくなってしまう。

唇をへの字に結んだ響太を見て、聖はため息をつきながら長い指で自分の口元を覆った。

「わかった。好きなだけそうやって拗《す》ねてろよ。そのかわり、明日からは毎日、飯作りに来る」

「な、ん、で、そうなるの！　いらないって言ってるじゃん！」

「吐いてた現場目撃して、おまえの言うこと鵜呑《うの》みにできるわけないだろ」

淡々と言い返しつつ、聖は空になった皿を片付けはじめる。響太は自分も立ち上がった。

「ごちそうさま！　片付けるのは自分でやるから帰って！」

「そんなこと言ってると、また締切破る羽目《はめ》になるぞ」

「う……な、ならないよ、平気だよ！　スケジュールはリマインドメールでちゃんと把握してるし、今回は体調がちょっと悪かっただけ。これから仕事だって増やすし、だから忙しくなるし、そのためにも聖とべったりしてないで、見聞《けんぶん》を広めたほうがいいって考えたんだから！」

「それが姉貴の受け売りじゃなくて、本当におまえが考えたことなら俺だって反対なんかしない。いきなり無茶するから、食えなくなるんだ。それにその顔、徹夜しただろう。仕事増やすなら、自己管理くらいできるようになってからにしろよ」

正論すぎる言葉と一緒に有無《うむ》を言わさない目つきで見られ、ひくっ、と喉が鳴った。普段は決して威圧的な態度を取らない聖だが、たまに本気になるとひどく迫力があって、響太はあっというまに逆らえなくなる。

ぺたんと椅子に座ると、聖は黙って後片付けをはじめた。食器の触れあう音がなぜかいたたまれなくて、響太は悲しくなる。

聖のためを思って一人暮らしをはじめたのに、結局聖に世話を焼かせて、あげくに叱られるなんて悲しい。

聖はさっさと片付けを終えると、料理の残りや持ってきたものを冷蔵庫や棚《たな》にしまって、響太の向かいに座った。カバンから四角い大きな付箋とペンケースを出して、赤いペンで文字を書きはじめる。

「スープの残りは冷蔵庫に入れたから、明日あっためて食えよ」

言いながら文字を書く彼の手元から、響太は目が離せなかった。聖が響太あてのメモを書くのに愛用しているやたらとポップなペンは、ピンクがかった赤い色だ。甘い味のするインク。それが、聖の言葉になって紙に沁《し》みていく。

『食べ物がなくなったら、必ず連絡すること』

『睡眠時間は八時間』

『仕事先からの電話にはちゃんと出る』

「で、出てる」

「嘘つけ、せっぱつまると出ないだろ響太は。あとクッキーも作ったから、キッチンの棚の中な。もうすぐバレンタインだから、一応ココア味にした」

「え、もしかしてロッククッキー？」

クッキーは大好物だ。聖が初めて作ってくれたおやつがロッククッキーで、それが今でも一番好きだった。つい身を乗り出すと、聖はくすっと笑った。

「いや、今回はアイスボックス。二色になってる」

『クッキーはまとめて食べないこと』

一言ごと、付箋をめくっては書きつけていく聖の声は落ち着いていた。クッキー食べたい、と思ったのを見透かしたように、ちらりと響太を見て小さく笑う顔も優しい。

「一個だけならあとで食っていいよ」

「うん、食べる」

好物につられて素直に響太が頷くと、聖はもう一度笑って、付箋をめくった。

『明日も来る』

ぎゅうっ、と胸がよじれて、声が出なかった。来なくていい、来ないで、と言わなければいけないのに。

聖は書き終えた五枚の付箋を、響太の仕事用のパソコンのふちに貼りつけた。

「おまえが一人暮らししよう、って思ってくれたのを責めたいわけじゃないんだ。うちの母親のこと、おまえまで気にしてくれてありがとうな。でも無理はするなよ」

「――聖」

ほかにどうしようもなく名前を呼んだ響太の頭を、聖がそっと撫でた。

「明日は少し時間があるから、材料買ってきて、チーズフライ作ってやる。……ちゃんと寝ろよ。クマできてる」

するっと目の下も撫でられて、響太は泣きたくなった。

(行かないで。帰らないで。ここにいて。お礼なんかいらないから、ずっとそばにいて)

気を抜いたらわがままが溢《あふ》れてきそうだった。響太が泣きたい気持ちになるのは、聖に関することだけだ。あとのことは諦《あきら》めがつくのに、聖だけ、諦められない。

おいしいごはんも低い声も、大きなてのひらも、厚めの唇も、触れる仕草も、なにもかも、誰にも渡したくない。

聖は目を潤《うる》ませた響太を見ると、困ったように眉を寄せ、少し迷ってから顔を近づけてきた。

「そんなに悲しいなら、ここの箱に、蓋して忘れちゃえよ。俺は何回でも言うから」

低くて沁みとおる、優しい声だった。大きな手が響太の身体の真ん中、『箱』のあるあたりをかるく押して、それから頬を優しく包み込む。

「もう一回、おまじないしとこう。明日の朝飯、一緒に食ってやれなくて悪いけど——一人でも食べられるように」

囁《ささや》きに続けて、唇が触れてくるのはわかっていた。

なのに、身体が動かない。これも駄目なのに、と思いながら受けとめたキスは、いつもより長くて熱っぽく、響太をいっそういたたまれなくさせた。

(箱の蓋、壊れちゃったよ聖。ずっと、悲しいままなんだ)

◇　過去　◇

朝八時。トイレの水を流しながら、病気かもしれない、と真剣に響太は思った。

もうこれで四日だ。昨日も一昨日も、お腹がすいて食べて、そのたびに吐いている。つまりおばあちゃんを納骨《のうこつ》してから五日になるのか、とぼんやり思い、もう祖母がいないのが不思議に感じた。

祖母は急死だった。朝響太が学校に出かけるときは元気なように見えたのに、夕方帰宅したらもう冷たくなっていた。親は深夜にならないと帰ってこないから、困った響太は隣の家に助けを求め、聖のお母さんが救急車を呼んでくれたのだった。

月曜日だったので、知らせを聞いて帰ってきた両親は二人とも不機嫌だった。忙しいときに忌引《きび》きで休まなければいけないのが不満だったのだろう。てきぱきと葬儀《そうぎ》の手配をする二人の邪魔にならないようにしているあいだは、そもそもお腹がすかなかったような気がする。火葬場や斎場《さいじょう》での食事はちょっとだけ手をつけたけれど、飲み込めなくてすぐに食べるのをやめたから——一週間くらい、なにも食べていないかもしれない。

空腹には慣れていたが、食べても吐いてしまうのは経験がなかった。聖に聞いてみようかな、と思ったが、聖と一緒に病院に行って、本当に病気だったらちょっと怖い。

怖いよなあ、と思うと、おばあちゃんの口癖が蘇《よみがえ》る。「だぁいじょうぶ。人間、なんとかなるようにできてるんだから」。そう言われ、ぽんぽんと背中を叩かれるのが、響太は好きだった。祖母と同居する前までは、響太は他人に触られるのが苦手だったのに、祖母だけは別で、今では誰と接触しても我慢できるようになった。

「なんとかなるように、できてるんだから」

独りごちると少し楽になった気がした。普段の響太は祖母が笑うくらい、聖が呆れるくらいの大食いだ。もっともっとお腹がすけばきっと食べられるよなと思いながら、響太は自分で学校に電話を入れた。具合が悪いので休みます、と言った響太に、担任は「なにか困ったことがあったらすぐに相談しなさい」と言ってくれて、優しいなあ、と思った。響太の周りには、優しくて親切な人が多い。

うすぐもりの日だった。夏なのに、夏らしくない空を窓から眺《なが》めながらベッドに横たわり、お腹がすいたなあ、と思う。おばあちゃんは死んだのに、響太は猛烈にお腹がすいていて、でも食べられないでいる。

おばあちゃんのホットケーキもう食べられないなあ、と思うと胸の中がすうすうした。寒いなあと思いながら目を閉じ、眠って、次に目が覚めたのはチャイムの音のせいだった。

パジャマ姿のままなにも考えずドアを開けると、聖が制服姿で立っていた。夏服の白い半袖シャツから伸びた腕が、紙の束《たば》を差し出してくる。

「プリント持ってきた。具合、大丈夫か」

聖の顔を見るのは祖母が死んだとき以来だった。葬式は親族だけですませるのでけっこうです、と母が伊旗家の弔問《ちょうもん》を断ってしまったから、妙に久しぶりに感じた。すっきりと短くした黒髪に、どこかストイックな、中学二年生にしては大人びた眼差《まなざ》しで見つめられると、急に、胸の底から熱いものがこみ上げてきた。

「聖——」

それはあっというまに涙になって、気がついたときには響太は聖に抱きついていた。

「聖っ……聖……っどうしよう俺……」

夢中でしがみつく響太の身体を、聖はちょっとだけ迷ったあと、ぎゅっと抱きしめてくれた。

「大丈夫だから、ゆっくりしゃべれ。どうかした？」

「ご、ごはん食べられない」

「食べられない？　風邪《かぜ》かな」

「わかんない……ずっと、おばあちゃん死んでから、た、食べても吐いちゃう……お腹、すくのに食べられないっ」

「――それは」

抱きしめた聖が戸惑《とまど》うのがわかった。聖が動揺するくらいだからやっぱり病気だろうか、と思うともっと怖くなって、響太は頭を押しつけた。

「やだよう……病気やだ」

「大丈夫だ、響太。たぶん病気じゃない。と、思う。熱は……なさそうだし。うち来いよ。俺がなにか食べるもの作ってやる。ほら、おばあちゃんと一緒に作ったことあるだろ。チャーハン。響太むしゃむしゃ食べてたじゃん。あれなら食えるよ、きっと」

響太の頭を包むようにして、聖の手がぎこちなく撫でてくれる。試しに一緒に食ってみよう、と耳元で囁く声が熱くて、響太はいっそう強く聖に抱きついた。

五分くらいそうして泣きじゃくって、疲れて泣きやむと、ぐーきゅるるるる、とお腹が鳴った。一瞬あっけに取られた顔をした聖が、くしゃっと笑う。

「腹減ったならよかったじゃん。来いよ」

「――うん」

手を引かれて、パジャマのまま靴《くつ》をつっかけて、隣の聖の家に行くと、聖のお母さんが目を丸くして迎えてくれた。

「あら、具合が悪かったの？　そういうときはすぐに言わなくちゃ」

「……ごめんなさい」

「さ、座って。なにか飲む？」

優しくリビングに誘われて、いかにも家族用といった感じの大きなテーブルについて、響太は困っておばさんを見上げた。食べたいし飲みたい。でも、また吐くのが怖かった。

「母さん。台所使うから」

響太が口をひらくより早く、聖が淡々と言った。おばさんがびっくりしたように聖を振り返る。

「使うって、どうしたの。お腹すいてるならなにか作ってあげるわよ」

「いい。俺が作るから」

そっけないくらい短く言って聖はキッチンに行ってしまう。どうしたのかしら、と戸惑うおばさんに、響太は急いで言った。

「あ、あの。聖、おばあちゃんのチャーハン、作ってくれるって。俺が……俺が、泣いた、から」

「――そうなの」

ふ、とおばさんは優しい顔をした。その表情の目元が聖と似ていて、いいなと響太は思う。ちょっと待っててね、見てくるから、と聖を追いかけてキッチンに向かうところも、いいお母さんという感じがした。

小学生の低学年の頃はまだわからなかったが、十四にもなれば、さすがにわかってくる。うちの家族は、普通とは少し違う。

響太が物心ついた頃から、両親はあまり家にいなかった。母が帰宅するのは早くて夜の九時過ぎで、父親にいたっては一か月顔も見ないことがしょっちゅうだった。幼稚園の頃は、母が時間になると迎えに来て、家に戻るとまたいなくなった。土曜も日曜も関係なく、とにかくいない。でも、洋服は定期的に買い与えられたし、どんなに夜遅くても母は幼稚園や学校からのプリントに目を通し、必要なものを用意してくれた。食事は幼い頃は出来合いのものが置いてあったし、小学校に上がってからは、十分な額のお金が渡されるようになった。響太がそのお金をほとんど使わなかったのは、空腹は食べればおさまる、という感覚を、ずいぶん長いこと知らなかったせいで、それは親のせいではないと、響太は思う。

でも、祖母の葬式が終わってすぐという状況でも両親がほとんど帰ってこないのは、やっぱりあまり普通ではないのだろう。それでも、食事を買うお金は今もちゃんと用意されているし、父はともかく母は二日に一度、深夜に帰宅して、昨日の朝には掃除機もかけていた。

普通とは違っていても、響太にとって家族はそういうものだった。祖母と暮らしていたこの四年間のほうがイレギュラーなのだ。長い、長い一人の時間を、響太はだいたい絵を描いて過ごした。今の家に引っ越して祖母と暮らしはじめるまでは、ほとんど外には遊びにいかない子供だった。多少は寂しかったが、そういうものなのだと諦めていたから、それほど苦ではなかった。今までは。

今は、こんなに寂しい。

(人って、急に死んじゃったりするんだな……)

冷房の効いた居心地のいい伊旗家のリビングが少し寒く思えて、響太は椅子の上で膝を抱えた。死角になったキッチンからはじゅっという音といい匂いがしてくる。小声で会話するおばさんと聖の声が混じって聞こえ、眠くなるほど穏やかだった。

ほどなく、皿いっぱいのチャーハンを持って聖が戻ってきた。目の前に置かれたチャーハンはかるく二人前はありそうなボリュームで、ほかほか湯気が立って、やたらとおいしそうだった。おいしそう、と思うと胃から触手《しょくしゅ》が出てきそうなほど空腹を覚えて、じゅわっと涎が湧いてくる。

「ハムとかなくて、ソーセージだけど」

「いただきます」

決まり悪そうな聖に返事をする余裕もなくて、響太はスプーンをチャーハンにつっ込んだ。

大盛りのチャーハンを口に押し込むようにして嚙むと、ぱあっと身体の中が明るくなった。虹色《にじいろ》のきらきらしたものが、飲み込んだチャーハンから広がるようで、響太はがつがつ食べた。

お世辞にも行儀《ぎょうぎ》がいいとは言えない食べ方でたっぷりのチャーハンを平らげ、まだ食べたい、と思いながら顔を上げた響太は、どこか痛ましげな表情で見守るおばさんの視線に気づいてはっとした。

見れば皿の近くには米粒が散らばっていて、慌てて拾う。

「ご、ごめんなさい」

「いいのよ。寂しかったわよね」

しんみりと優しい声でおばさんは言ってくれて、響太はなにも言えなくなる。たしかに寂しかった。でも、寂しいのと、なにも食べられないのは、違う気がする。

「響太の家で宿題やってくる」

ふいに、音をたてて聖が立ち上がった。

「響太のお母さん帰ってくるまで、隣にいるから」

「そうね。そうしてあげて。でもこのままうちにいてもいいのよ」

「響太が自分ちのほうがいいよ」

淡々と言った聖が、ドアのほうに向かいながら響太に手招きした。響太は急いで立ち上がってから、ぺこんと頭を下げた。

「ごちそうさまでした」

「寂しかったらまたいらっしゃいね」

仕方ないわねと言いたげな優しい笑みを見せておばさんは頷いてくれて、響太は聖と連れ立って自宅に戻った。

静まり返った家に入り、宿題どこでやる？　と聞こうとした響太は、ふいに手を掴まれて聖を見上げた。

「なに？」

「おばさん、今日も帰ってこないのか？」

「今日は、帰ってくると思う。昨日帰ってこなかったから」

「じゃあ、夜までいるよ。明日は、学校行けそうだったら、一緒に行こうな」

上から顔を近づけるようにして覗き込まれ、どうしてか、きゅうっと身体の奥がよじれた気がした。心臓がどきどきしはじめて、握られた手に汗をかくのがわかり、余計に緊張してしまう。

「響太？」

返事をしない響太をいぶかしむように、聖が囁くように名前を呼び、響太は急いで頷いた。

「行く。明日は学校、絶対行く」

「……そっか」

にこ、と笑う聖は大人びていた。もともと、出会ったときから聖は面倒見がよく、背も低くて瘦《や》せた響太と一緒に遊んでいると、同い年に見られたことはないくらいだった。今年に入ってから急激に背が伸びた聖は、クラスの女の子たちから絶大な人気を集めている。

その聖がいたわってくれている、と思うと、ちょっとした恥ずかしさと悔しさを感じると同時に、その何倍も強い喜びが、身体の奥のほうから湧き上がってくる。

「えっと。しゅくだい。やろっか」

じっと見つめられたまま、響太はへらっと笑った。笑わないと、また泣いてしまいそうな気がした。泣いたことなんてなかったのに。

（ひとりじゃ、ないんだ。聖がいる）

ふつふつ湧く不思議な高揚感で、身体が浮いてしまいそうだった。きゅっと聖の手に指を絡《から》めると、同じように握り返されて、手をつないだまま響太の部屋に行き、くっついて座った。抱き寄せられると目眩がして、でも聖にもたれかかってしまえば、目眩すらどこか心地よかった。

聖に教えてもらいながら英語と国語と数学のプリントをやり、日が暮れてから二人でスーパーに出かけて、聖はまたチャーハンを作ってくれた。ほかのも練習して作れるようになるから、と聖は言ったけれど、響太には十分だった。そうしているうちに母が帰宅し、聖は帰っていった。

自分の部屋で一人になると、すうっと手足が冷えた。広げたままの宿題のプリントとノートが、白茶けてわびしく見える。ノートは、宿題の問題が自力で解けない響太に呆れて、聖が貸してくれたものだ。片付けようとして、胸がずきんとした。

几帳面な聖の文字が、ブルーの罫線《けいせん》にそって行儀よく並んでいる。聖は字も上手だなあと思い、そろりと撫でると、冷たかった指先があたたまった気がした。

気持ちよくて頬を寄せれば頬もあたたかくなって、乾いた紙の匂いがした。聖の匂いもする、と思えたのは気のせいだったかもしれない。それでも嗅《か》ぐとほっとして、鼻先を押しつけているうちに、無意識に響太は舌を出していた。

なめらかな紙の表面は舐《な》めると甘く、つられるように歯で咥《くわ》えてびりびりちぎり、口に入れてみる。がさがさした紙の塊はすぐ唾液と混じって正体をなくし、響太はもごもご噛んで飲み込んだ。

おいしい。ぺりりともう一ページ破って同じように食べて、三枚目を破り取ろうとしたところで、はっとした。

——いけない。聖の勉強した、授業で使っているノートなのに食べてしまった。

怒られる、というか申し訳ない。どうしよう、と青ざめて、それから響太は不安になった。

聖のノートが欠けてしまったのも大問題だが、紙なんか食べた自分も大問題だ。普通の食べ物を食べられないより、ノートを食べるほうがずっとおかしい。

そう考えてから、ふと気づいて響太は胃のあたりに手をあてた。

「……気持ち悪くない」

二枚食べたのに、吐き気はしなかった。どころか、可能ならばもう数枚食べたいくらいだったが、聖のノートをそんなに食べてしまうわけにはいかない。期末テストはもうすぐなのだし、困るだろう。

明日謝らなきゃ、と思いながらベッドに潜《もぐ》り込み、名残惜《なごり》しく響太はノートを胸にかかえた。やっぱりあたたかい。聖のノート。聖の触れていたもの。聖の気配。

「ひ、じり……」

馬鹿みたいに甘ったれた声で呼んだところまでは記憶にある。直後に意識がなくなって、次に目が覚めたときには、もう翌朝だった。

部屋に母親が顔を出し、「ゴミは出しておいたから、朝ごはんは途中で食べて。昼ごはん分と一緒にお金は置いてあるから」と言い、響太は半分寝ぼけたまま「いってらっしゃい」と応《こた》えた。

いつのまに寝たんだろう。はっとして探したノートは布団《ふとん》の中にちゃんとあって、抱きしめて寝たなどと聖が知ったら気持ち悪く思うかなと心配になる。食べたとはとても言えない。

間違って破っちゃったとかでいいかなと適当な言い訳を考えつつ、響太は制服に腕を通した。聖が迎えに来てくれる、と思ったらうきうきして、早く顔が見たくなった。中学に入ってバスケ部に入った聖は、いつも朝練があったから、今日は久しぶりに一緒だ。

洗面所で勢いよく顔を洗い、鏡を見ると、映った自分の顔はちょっとにやけていた。ふわふわの癖っ毛があちこち跳ねている。身体のどこも痛くないし、悲しくも寒くもなかった。

「蓋、閉まってるみたい」

へにゃへにゃ幸せそうな自分の顔を見ながら、響太は独りごちた。

響太の身体の奥には小さい箱があって、痛かったり、悲しかったりしたときは、その箱の蓋が開いているときだ。閉めてしまえば、平気になる。それはもちろん錯覚というか、気分の問題なのだけれど、ぱたんと蓋を閉めるイメージは、響太にとって大事な手段だった。

いつもみたいに箱の蓋を意識して閉めたわけじゃないのに、悲しくないなんて聖はやっぱりすごい——そう考えたらいっそう心が浮き立って、響太はにかっと思いきり笑った。サイダーみたいに、心の中で桃色が弾《はじ》ける。楽しかった。

◇　現在　◇

響太は午前中に起き出して、電車を乗り継いで病院に向かった。

都心にあるにもかかわらず緑の多い病院の敷地は広く、調べてみたら有名な病院のようだった。

受付で来意を告げ、前回と同じ部屋番号を教えてもらって、エレベーターで病室に上がる。ドアをノックしてそっと開けると、ベッドに横たわった聖のお母さんと、姉の雪が振り返った。

「あら響太くん。また来てくれたの？」

嬉しそうに顔を綻《ほころ》ばせたおばさんは、気分は悪くなさそうだった。前回来たときは具合が悪そうだったので、響太はほっとして花束を差し出した。

「芸がなくてごめんなさい」

「とんでもない、嬉しいわ。お花があると気持ちが華やぐもの。このガーベラ、変わった色ね」

「バレンタインデーが近いから、チョコレートカラーの花の入ったアレンジがおすすめですって言われて」

「最近じゃ花屋さんでもバレンタインデーが一大イベントなのねえ。雪、活《い》けてくれる？」

「うん」

雪は座っていた椅子から立ち上がり、ちらっと響太を一瞥《いちべつ》した。響太はどきりとしたが、彼女はなにも言わずに病室を出ていって、かわりにおばさんがにこにこと言った。

「一人暮らしをはじめたんですってね。お仕事が忙しいんだって聞いたわ」

「はい。仕事は、忙しいってほどじゃないんですけど」

「響太くんは聖がかまうから、弟みたいな気がしてたけど、同い年だものね。そういう、独り立ちする歳なのよねえ……聖はなんだか、パティシエはまだまだこれから大変だって言うんだけど。あの子昔からマイペースだから」

仕方なさそうに言うものの、おばさんの顔は愛情に溢れていた。最初は聖の進路に反対していたおばさんだが、それでも聖は自慢の息子なのだ。頬が少しこけ、身体も以前より痩せてしまったけれど、幸せそうだった。

「私は全然知らなかったんだけど、雪が言うには可愛らしいお嬢さんとお付き合いしてるらしいの。それなら早く言ってくれたらいいのにねえ。聖ったら照れてるのか、彼女じゃないって言い張るのよ。私がしっかりしてるうちに、妹に頼んでお見合いさせようかと思ってたけど、本当によかったわ」

「そう、ですね」

微笑まれて、響太はかろうじて笑みを返した。ちくちくと心が痛む。

おばさんが入院するのは今回で四回目だ。最初の入院は三か月前。一回ずつの入院は長くはないが、断続的に治療を受けなければいけないのだという。

「雪もね、一昨日は彼氏さんとお見舞いに来てくれたのよ。優しそうな人でねえ。ほんと、むしろ病気になってよかったたって思うくらいよ。こんなことでもなきゃ、ぎりぎりまで教えてくれないに決まってるんだから。でも、これでもう安心ね。いつぽっくり逝《い》っても大丈夫」

冗談にならないことを悪戯《いたずら》っぽく言うおばさんに、響太は首を左右に振った。

「そんな、おばさんがずっと元気じゃないと、聖も雪さんも、きっと悲しいです」

「響太くんは優しいわね。ずーっと大変だったのに、本当にいい子だもの」

穏やかな目で見つめられて、響太は困って小さく笑った。おばさんには「響太くんは本当に大変ね」としょっちゅう言われるけれど、響太は大変だった気がしないから、いつも戸惑う。なんだか大変なふりをして、それをたてに聖に甘えているような気がしてしまうのだ。

「響太くんはこうやってまめにお見舞いに来てくれて嬉しいわ。聖も来てくれるんだけど、いつも慌ただしくって」

「忙しいんだと思います。昨日もそう言っていたから」

思い返せば、いくら響太が言ったからとはいえ、一週間も顔をあわせないのは今までだったらありえなかった。つまり、それだけ時間がないのだ。きっと仕事も——それ以外でも。

「あら、昨日会ったの？　せっかく一人暮らしをはじめたのに、ごめんなさいね。聖ったら、料理をはじめたのも響太くんのためだったし、響太くんがケーキが好きだからってパティシエになるって言い出すし、ちっとも成長できない子だけど、仲良くしてくれてありがとう」

「それは……俺のほうこそ、その……ずっと、甘えちゃって」

痛みはちくちくからぐさぐさに発展して、声を出すのも苦しかった。いいのよ、とどこまでも優しい声で言って、おばさんが手を伸ばしてくる。人との接触も、食べられないのが再発してからまた苦手になった。響太はためらってから、おばさんの手を取った。ぎゅっと握られ、ぞっと悪寒が走るのを意志の力でやり過ごす。

「響太くんだって大変だったんだもの。一回もぐれたりしないで、ちゃんと自分の力でお仕事して、本当に偉いわ。優しくて素敵な絵よね。おばさん、響太くんもうちの子みたいに大事に思ってるのよ。響太くんも、彼女さんができたら是非紹介してね」

「……ありがとうございます」

なんとか笑みを浮かべて応えたとき、病室のドアが開いて雪が戻ってきた。あらやっぱり可愛い、と華やいだ声を出すおばさんに、雪が笑いかけて枕元に花瓶《かびん》を置く。

「じゃあお母さん、私仕事に戻るから。夕方また来るね」

「あ、じゃあ俺も失礼します」

「お見舞い、いつもありがとう響太くん。お仕事忙しかったら無理しないでね」

「大丈夫です。また来ますね」

少し寂しそうなおばさんに頭を下げて、コートを羽織《はお》った雪と連れ立って病室を出る。明るいパステルカラーに統一された廊下を並んで歩き、大きな窓のあるエレベーターホールまで来ると、雪がボタンを押した。

「どう、一人暮らし」

雪の、感情のわかりにくい淡々としたしゃべり方は無駄がない。響太はできるだけ元気に見えるように笑ってみせた。

「なんとか慣れました」

「そのわりには、疲れた顔に見えるわ」

「これは——昨日締切で。っていうか、締切破っちゃってて、徹夜してたので。昨日の夜はちゃんと寝ました」

「そう。それならいいんだけど」

ぽーんと音をたててエレベーターが到着する。ストレッチャーも乗る大きさだが、二人きりで閉じ込められるとやはり居心地はよくなかった。響太よりも背が高い雪はさらにヒールの高い靴を履《は》いていて、見下ろされると首をすくめたくなる。

「あんまり元気のない顔をされると、私のせいかな、と思っちゃうわ」

「……そんなことないです」

否定したのは本心からだった。雪はべつに、響太に向かって「聖と一緒に暮らすのをやめろ」と言ったわけじゃない。ただ、聖に彼女がいることを教えてくれて、響太にも将来を考えたほうがいいとアドバイスしてくれただけだ。雪は、病で気弱になった母親のためを思って、善意で言ったのだから。

きゅっと唇を噛んだ響太から、雪は静かに視線を逸らした。

「聖は私のせいだと思ってるわ。ずっと腹を立ててるみたいで、顔をあわせても口もきかないの。あながち誤解とも言えないけどね。響太くんが独り立ちしてくれたらいいなって思っていたから」

「――」

「でも、正直、本当に引っ越すとは思ってなかったの。だって聖が反対するでしょうし。……反対されたでしょ？」

「それは、されましたけど、もう部屋も決めてたから」

「黙って部屋探してくれたのよね。ありがとう」

横顔を見せた雪はふう、とため息をつく。

「私ね、高校生の頃は、聖から離れられないのは響太くんのほうだと思ってた。聖はその面倒を見てるだけよねって。でも、聖が親の反対も押し切って製菓専門学校に進むって言い出して、都内であなたと二人で暮らすって聞いたとき、さすがに変じゃないのかな、って思ったの」

「変？」

「ルームシェア自体は珍しくないと思うし、一人暮らしより経済的なのはわかるわ。でも、高校卒業する頃は、響太くんもすっかり元気になってるみたいだったし、これからも聖が面倒を見なきゃいけないなんて不自然な気がしたの。その上進路は『響太が好きだから』ってお菓子作りよ？　そのくせ聖は家族の前では、響太くんの話ってしないの。だからもしかして、友達じゃなくて、恋人なんじゃないの、って」

「こ、恋人!?」

予想もしない単語に、響太はびっくりして思いきり首を振った。

「ち、違います。全然恋人同士とかじゃないです。そんなの考えたことないし！」

「そうよね、わかってるわ」

響太の驚きぶりに、雪は苦笑して頷いた。一階に到着したエレベーターから降りて、受付に来館カードを返却し、連れ立って外に出る。

「聖にもすごく怒られたわ。絶対に響太にそんなこと言うなって。……もしかしたら、ちょっと羨《うらや》ましかったのかも。あなたたち、仲良しすぎるんだもの。ちゃんと頭ではわかってるのよ。響太くんの面倒を見てくれていたおばあちゃんが亡くなって、そのあとすぐご両親が離婚するなんて、つらかったに決まってるもの」

しみじみした口調で言われて、響太は半端に口をひらきかけて、やめた。

つらかったか、と問われたら、響太は否定するしかない。両親はたしかに、祖母が亡くなった一か月後には離婚を決めた。自分勝手だなと多少腹は立ったが、身体の中の『箱』さえ閉めてしまえば、すぐに諦めはついた。そこまでの生活だって、父はほとんど存在しなかったのだし、母がそれまで以上に家にいつかなくなっても、聖がいたから困らなかった。

一緒にいられない時間のためにと聖にもらった、ずっと一緒だ、と書かれたメモは、たたんでピルケースにしまってあり、今日も持ち歩いている。

「どうせ聖は聞かないけど、私からも言っておくわね。あんたのほうが独り立ちできてないじゃないの、しっかりしなさいって」

「——聖は、俺よりちゃんとしてます」

「してないわ。聖にはがっかり。千絵さんとは恋人なんかじゃないって言い張るし、誤解されるならもう二度と会わないって言い出すし。そんなこと言ってたら響太くんに先に彼女できちゃうわよね」

雪は、千絵という女性が聖の恋人だと信じているようだった。あるいは、聖に恋人がいないと承知の上で嘘をついているのかもしれない。本当はどっちなのか、響太には確かめる術《すべ》がない。

「……俺は、そういうのは、全然なので」

ざらざらと胸の内側が荒らされていくようで、響太は俯いた。雪のことは嫌いじゃない。もの静かな年上の女の子は、隣の家に遊びに行って顔をあわせると、いつも少しだけ笑ってくれて、響太をほっとさせてくれた。

なのにその雪に対して、こんなもやもやした気分になってしまう自分が嫌だった。

(雪さんが嘘をついてるとしたら、それだけ、俺が聖にとって邪魔な存在だっていうだけなのに)

心の奥底、本心では、聖を手放したくないと思っているのが、雪には伝わっている気がする。だから「恋人」だなんて言われてしまうのだ。

雪は響太の顔や身体のあちこちを、観察するように見つめてくる。

「響太くんだって見た目可愛いし、そういうのが好きな女の子って多いわよ。それに仕事もクリエイター系だから、もてるんじゃない？　よかったら、私の友達を紹介してもいいわ」

「いいえ、いいです。まだ、……えっと、仕事に集中、しないといけないし」

「偉いのね。――じゃあ、またね」

駅が近づいてきたところで雪はかすかに笑って手を振ってくれ、響太も手を振り返して長いため息をついた。

今日はこれから担当の篠山と打ち合わせだ。新しい仕事をはじめる打ち合わせは緊張感があるけれど、同時にとてもわくわくするから大好きなのに、今日はちっとも心が弾《はず》まなかった。

黒い棘《とげ》が刺さって抜けないみたいに、胸がじくじくする。

雪は、聖にも言ったのだろうか。以前の聖と響太が、恋人同士に見えるくらいで変だった、と責めたのだろうか。それを聞いた聖は、どう思ったんだろう。

全然違うのに、と思うと苦しくなって、響太はポケットからピルケースを出した。中には、お守りにしているメモのほかに、昨日もらった五枚のメモが入れてある。お腹がすいたら食べようと、持ってきたのだった。

いたたまれないように思うのは、後ろめたいせいだ。恋人同士でもないのに聖がおまじないでしてくれるキスを、響太は昨日たしかに嬉しいと思ったから。

（そんなんじゃないのに。聖はただ、特別なだけなのに）

聖と出会ってから十四年間、聖を恋愛対象として見たことは一度もない。

けれど、響太は今まで一度も恋をしたこともなかった。

恋愛なんて絶対したくない、と思ったときにはもうそばに聖がいて——気づけば、聖以外に友達と呼べる親しい相手もいない。

まさかこれが「好き」っていう気持ちじゃないよな、と考えると、喉の奥から嫌な味が広がった。

メモを食べるのは我慢して、ピルケースをしまう。

わがままで欲張りになることこそ、恋愛だと響太は思う。だから恋愛は嫌いだ。親友の幸せを願えない狭量《きょうりょう》な人間なのも最悪だが、その理由が「好きだから」だなんて、もっと許されるわけがない。

聖の家族は、聖が結婚して子供を作るのを待ち望んでいるのだ。お世話になったおばさんの心からの願いを無下《むげ》にする権利が、響太にはあるはずがなかった。

きっと違うはずだ、と響太は不安を打ち消そうとした。身体の真ん中の箱の、壊れてしまった蓋を無理やり閉める。

だいじょうぶ。今まで聖がいるのが当たり前だったから、寂しいだけだ。

◇　過去　◇

どうやら聖の作ったものしか食べられないようだ、と気づくまでには、聖のチャーハンを食べてから三日もかからなかった。

　聖がそばにいても買った食べ物は食べられないし、そばに聖がいなければ、水も飲めない。聖がいないときに食べられたのは、あのノートだけだった。

　これはさすがに迷惑すぎる、と困った響太はなんとかごまかそうとしたが、聖もすぐに気づいてしまった。昼休みに無理して食べて吐いたのをクラスメイトに目撃され、それが聖の耳に入ると、問いただされて、響太は嘘をつきとおせなかった。

「じゃあ、これから、おまえの食べるものは俺が作ればいいんだよな。でも、水も飲めないと困るから、それくらいは練習しないと駄目かな」

　放課後、並んで通学路を歩きながら、聖は真面目な顔でそう言った。響太は申し訳なさで俯く。

「ごめんね、聖。いっぱい迷惑かけて。部活だって、休ませてばっかりで」

「響太が具合悪いのに、部活どころじゃないだろ」

「でも……」

　身体の調子がおかしいのは響太で、聖ではない。まばたきして見上げると、聖はぽんぽん、と響太の頭を撫でた。

「おまえのおばあちゃんみたいに上手にはまだ無理だけど、ちゃんと俺が作ってやるから。おまえの好きなもの」

「でも」

「でもって言うの二回目だぞ。——気にしてる？」

ぶっきらぼうな声と一緒に、さらっとあたたかい手が響太の左手に触れた。そのまま強く握られて、引っぱられる。

「ほかのことより、響太のことのほうがずっと大事なんだから、いいんだ」

怒ったようにそっけない聖の声に、きらっ、と視界で星が光った気がした。晴天の空にはもくもくした入道雲《にゅうどうぐも》があって、青空も街路樹も、光を帯びていて眩《まぶ》しい。見上げた聖の額《ひたい》にも小さく汗が光っていて、きらきらしていた。大きな木の葉のふちで露《つゆ》が光っているみたいに綺麗《きれい》だ、と響太は思った。涼しい、それでいて深い緑色。

あとから思えば、ほとんど一人で面倒を見てくれていた祖母を急に亡くした響太への、それは思いやりだったのだろうけれど、その瞬間の響太はただ、どきどきした。大事だなんて、誰にも言われたことはなかった。

昼に吐いてからずっと尾を引いていた悪心《おしん》が嘘のように、すうっと身体が軽くなった。歩く足元がふわふわして、身体がふらついている。

(聖といると、箱、すぐ閉まっちゃうな。魔法使いみたい)

うっとり見つめた先、聖は難しい顔のまま響太の手を引いて、黙々と歩いて二人でスーパーに行った。そこで卵や野菜、スナック菓子を買って（お金は響太が出した。母がくれる食事代はいつも多めなのだ）また手をつないで響太の家に帰り、祖母の使っていた調味料や鍋《なべ》を使って、聖がうどんを作ってくれた。

「ネットで調べたんだ。腹には溜まらないかもしれないけど、病気のときも食べやすいって」

「おいしいよ聖。すごくおいしい」

どんぶりにたっぷりのうどんをがつがつ食べながら、響太は尊敬の眼差しで聖を見た。

「聖、なんでもできるんだね」

「――なんでもはできない」

「できてるじゃん。俺よりいろいろ知ってるし、ごはん作れるし、バスケできるし」

「でも絵は、響太のほうがうまいだろ」

言いながら、聖が嬉しそうに笑って、響太もくすぐったく笑った。そういえば祖母が亡くなってから、色鉛筆にも触っていなかった。小学校時代、図工の時間に聖に絵を褒《ほ》められてから、響太はいつそう絵を描くようになった。小さくなったプラスチック色鉛筆でちまちまと描く響太を見た祖母が、奮発《ふんぱつ》して色のたくさん揃った本格的な色鉛筆を買ってくれたのだ。

むぐむぐと口いっぱいにつめたうどんを飲み込んで、響太は「今日は描く」と言った。

「描きたいのできたから、描く」

「なに？」

「――ないしょ」

さっき帰ってくる途中の青空と雲と、聖が描きたかった。綺麗な緑色のイメージを思い出してふふふと笑うと、聖もつられたように苦笑した。

「じゃあでき上がったら見せて。……こういうのいいよな」

「こういうの？」

「響太は好きな絵を描いて、飯は俺が作ってやって──仕事はケーキ屋とかがいいかな」

「聖、ケーキ好きじゃないじゃん」

「でも響太は好きだろ、甘いの。俺がめちゃくちゃうまいショートケーキ作ってやる」

「ショートケーキ」

鸚鵡《おうむ》返しにして、ごくんとうどんの汁を飲み干す。ショートケーキは祖母と暮らすようになって初めて食べた、響太の好物だ。世の中にこんなにおいしいものがあるんだと感動したけれど、聖ならケーキも上手に作れるようになるんだろう。うどんだってこんなにおいしく作れてしまうのだから。

「聖のケーキ、きっとおいしいよね」

「だろ。そしたらずっと一緒だ」

聖が立ち上がった。テーブルを回り込んでそばに来た彼は、ぽかんと見上げる響太に顔を近づけて、ちゅ、と音をさせる。あたたかくてやわらかい感触が完全に離れてから、唇と唇が触れたのだ、とわかって、響太は何度もまばたきした。

こういうのって、キスっていうんじゃなかったっけ。

聖は照れたように顔を背《そむ》けた。

「おまじないだよ、今のは」

「なんの？」

「——響太がちゃんと食べられて、俺とずっと一緒にいられる、おまじない」

そう言う聖の耳が見たこともないほど赤くなっていて、それに気づくと、喉の奥が苦しくなった。苦しいのに、全然いやじゃない。

聖ってこんなに優しかったっけ、と響太はぼんやり思った。響太が引っ越してきて初めて顔をあわせてから、毎日のように遊んでくれて、たしかに優しかったけれど。

こんなに——守ってくれるヒーローみたいに、かっこよかっただろうか。

「片付けたらポテチ食おう。ちゃんと食べられるように……また、おまじないしてやる」

耳を赤くしたまま早口に聖は言い、がちゃがちゃとどんぶりを重ねる。うん、と上《うわ》の空で返事をしながら、響太はホットケーキを思い出した。おばあちゃんの焼いてくれるホットケーキ。きつね色に焼けた二枚重ねのホットケーキの上で、載せたバターが黄金色《こがねいろ》にとろける、あれみたいだ。

ほかほかして甘くて、夢みたいな気持ちがする。

「明日ホットケーキ食べたい」

会話だけなら脈絡《みゃくらく》のないその響太の台詞《せりふ》に、キッチンに向かいかけていた聖が振り向いた。目元も赤い。

「ホットケーキか。おばあちゃん、焼いてくれたもんな」

「うん。バター載せて」

「よし」

頷く聖は嬉しそうだった。俺が嬉しいみたいに聖も嬉しいのかなと思うといっそう心がとろける心地がして、響太も立ち上がった。流しに向かう聖の背中にしがみついて、ぺったり身体を押しつける。

「俺、聖が世界で一番好き」

「――おう」

そっけなくぶっきらぼうな声しか返ってこなかったけれど、響太にはそれで十分だった。

二人分の食器をきちんと洗って、くるりと振り返った聖は、ごくごく生真面目な顔で、ちゅ、と響太の唇にキスした。

金平糖《こんぺいとう》みたいに淡く甘い色が全身に散らばって、気持ちがいい。

「響太さ。これから、おばさんがいないときは、夜こっそり泊まりにくるから――誰にも言うなよ」

「うん。なにを?」

「俺の作ったものしか食べられないとか、おばさんがあんまり帰ってこないとか、そういうこと」

「なんで?」

「本当はよくないことだから。でも、誰か大人にしゃべったら、きっと偉い人とか来て、響太、ここに住めなくなるかもしれない。――引っ越してくる前も、おばさん、帰ってこなくて、響太は一人で、食事、ちゃんとしてなかったんだろ?」

「だって……わざわざ買って食べたりするの、面倒だったんだもん。食べても、べつに、お腹すいたときの、すかすかした感じがなおるわけじゃないし」

責められているような気がして唇を尖《とが》らせると、聖は小さな子供にするように、響太の頭を撫でた。

「響太は悪くないよ。でも、保護責任遺棄《いき》じゃないかってうちの母さんとか言ってた。響太が痩せててちっちゃいのはそのせいだって。――だから、言っちゃ駄目だ」

聖は真剣な顔をしていた。ホゴセキニンイキってなんだろ、と響太は思ったが、聖が言うのなら、黙っていたほうがいいのだろう。そう思ったから、もう一度頷いた。

「いいよ。誰にも言わない」

「よし。――あとおまじないも、内緒だからな。そしたら大人になるまでは俺が守ってやるし、大人になったら、もっと守ってやる」

力強く言った聖は本物のヒーローみたいだった。すごい、と尊敬しながら響太は「ありがとう」と言い、それからふと思い出した。

ノート。

食べてしまったことを、結局聖にも言ってない。ジュースを零しちゃってと言い訳したのを聖は疑っていないようだったが――これも、もちろん、大人には言わないほうがいいだろう。自分でもおかしいと思うくらいだ。でも聖には？　打ち明けたほうがいいだろうか。

考え込んで俯くと、聖が「どうした？」と覗き込んできた。

「なんでもない」

もしかしたら、あのときだけ、ちょっと変だったのかもしれない。聖がごはんを作ってくれたり、ずっとそばにいてくれれば、紙なんか食べなくたっていいわけだし。

(——でも)

「あのさ」

そっと背中を押されてリビングに戻りながら、響太はできるだけさりげなく言った。

「メモにさ、なんか書いてよ。聖がそばにいないとき、お守りみたいに持っておくから。——駄目?」

「駄目じゃないよ」

聖はくしゃりと響太の頭を撫でる。

「メモくらい、いくらでも書く」

「ありがと」

目を優しいかたちにして微笑んでくれる聖に対して、嘘をついている後ろめたさが胸をかすめたが、聖が少し考えてから書いて渡してくれたメモを見ると、あっというまに嬉しさでいっぱいになった。

消えないように、という心遣《こころづか》いか、ペンで書かれた文章は短かった。

『いつも一緒だ』

決意の籠《こ》もったしっかりした文字に、胸がどきどきした。

宝物だ。これだけは絶対に食べないで、大事にしまって、一生持っていよう——と、響太は決めた。

◇　現在　◇

「――さん、利府さん」

　ぼうっと唇を触っていた響太は、呼ばれ慣れない苗字《みょうじ》のほうで呼ばれていることに気づいてはっと顔を上げた。向かいに座っていた担当の篠山心子《ここ》は、やや呆れたように銀色の眼鏡《めがね》フレームの奥の眉をひそめた。

「聞いてました？　まさか目を開けたまま寝てたとか」

「す、すみません。起きてました。ちょっと……考えちゃってて」

「昨日いただいたデータ仕上げるのに、無理してたんでしょう？　目の下、まだクマ残ってますもん」

「すみません、ご迷惑をおかけして……」

「いいですよ。本気でぎりぎりでしたから、毎回じゃ許してあげませんけど、利府さん今まで優等生だったから。利府さんて見た目はぽやぽやしてるし、仕事以外は話を聞いてると駄目駄目ですけど、締切管理だけはちゃんとしてますもんね」

「見た目は関係ないです……」

　付き合いの長い篠山は遠慮なくずばずばとものを言う。

　響太が専門学校にいるときに特別講師として来た篠山は、響太の絵を評価してくれ、卒業後には雑誌のカットや連載の挿絵《さしえ》など、仕事を振ってくれている。そのおかげで別の会社からも装画《そうが》の仕事をもらえるようになり、どうにかつつましく暮らしていけているのだ。今では「担当編集」という名前の相手が数人いるが、付き合いの長い篠山が、響太にとって最も仕事がしやすい相手だった。

「仕事は迷惑かけるわけにはいかないので、教えてもらったリマインドメール使ってるんです。締切が決まったらスケジュール逆算して登録しておいて、今日からラフ、とかメールが届くようにしたから、絶対忘れないです」

「あれ便利ですよね。教えても使ってくれない人とか、使っても締切破る人とか、いろいろですけど」

篠山は苦笑して、仕切り直すように眼鏡を押し上げた。

「じゃ、もう一回説明しますね。次の六月号のカットはお渡しした指示書のとおりで、羽田《はねだ》先生の連載の挿絵のほうは、原稿がちょっと遅れているので、申し訳ないんですけど来週お渡しします」

「はい、大丈夫です」

「かわりと言ったらなんですけど、そのあいだに、前からお願いしている羽田先生の単行本の表紙を進めてください」

「連載をまとめるやつですよね。発売月、決まったんですか？」

「ええ、七月になりました。森がメイン舞台の話で、利府さんの絵はグリーンが特徴ではありますけど、主人公の女の子以外の部分が緑一色にならないように、ほかのモチーフを目立たせていただけますか？」

「じゃあ、時計とか……階段とか、噴水とか」

「そうですね。それと、うさぎも入れてください。作品にも出てきますし、利府さんといったらうさぎですし」

篠山は指示書をめくりながらはきはきと話す。うさぎは、響太のペンネームのサインに描き入れるトレードマークで、ファンからも好きだと言われるモチーフだ。とはいえ、今回の本の作者は羽田先生なので、響太はちょっと眉を寄せた。

「入れちゃっていいんですか？」

「もちろんです。羽田先生がすごく利府さんのこと好きで、それで今回のお話にうさぎが出てくるくらいなんです。利府さんのことすごく信頼されてますし、モチーフは自由に描いてくださってかまいません。利府さんの、細部まで描き込んで、小さいアイテムにも世界観が宿ってる感じは、わたしも羽田作品にぴったりだと思うので、のびのび描いてくださいね。ラフだけは数パターンいただきたいんですけど、いけます？」

「もちろん。お話、俺も好きだから楽しみです」

「それで、できれば今回はアナログでお願いしたいんですけど」

「あ、ほんとですか!?　久しぶりだからすごくやりたいです、むしろ」

パソコンの中で何時間も色をいじって絵を描いていくのも好きになったが、紙に直接描いていくのは、子供に戻ったような気がするからやはり一番楽しい。質感のある紙を使って、緑は濃淡をつけて、とシミュレーションすると心が躍《おど》った。

さっそく描きたいな、と思っていると、篠山がくすりと笑った。

「よかった、やっと元気になったみたいで」

「え？」

「今日の利府さん、元気ないし顔はくたびれてるし、それにいつもより緊張してるみたいでしたから」

「あ……」

恥ずかしくなって、響太は頬をこすった。付き合いが長いからか、篠山は電話だけでもすぐに響太の体調や気分を見抜いてしまうのだ。

「ええと……今日は、久しぶりに会社での打ち合わせだから」

「そういえばそうですね。コーヒー、遠慮しないで飲んでくださいね。ミルクもお砂糖も入れてあります」

「ありがとうございます」

なんとか笑ってお礼を言ったが、口をつける勇気は湧かなかった。お守りのピルケースは持っているが、たぶん飲めない。

「でも——実は、胃の調子がよくなくて……」

「あら、大丈夫ですか？」

飲めない言い訳を呟いた響太に、篠山が心配そうに首を傾げる。

「食事、ちゃんと食べてます？　体調崩さないように気をつけてくださいね」

「大丈夫です」

仕事相手にまで心配をかけてはいけないと、響太は微笑んでみせた。篠山はもう一度「気をつけてくださいね」と繰り返してから、にっこりした。

「でも、伊旗さんがいるから安心ですよね。利府さんが引っ越したって聞いたときは、大丈夫かなって心配でしたけど、結局伊旗さんにごはん作ってもらってるんでしょ」

「な、なんで知ってるんですか？」

びっくりして声が裏返った。篠山はからかうように響太を眺めてくる。

「それは伊旗さんと連絡取ってるからに決まってるじゃないですか。仕事が終わらないから来るなって言ったんですって？　食事をさせたいので仕上がったら教えてください、って電話もらっちゃって」

「そんな——聞いてない……」

道理でやたらタイミングよく来たはずだ、と思い至って、響太は拳《こぶし》を握りしめた。

「あ、言っちゃ駄目なんだったっけ。わたしがしゃべったって伊旗さんに言わないでくださいね。まあ言ってもべつにいいですけど。伊旗さんてほんと面倒見がいいですよね」

悪びれない顔でかるく肩をすくめた篠山は、じいっと響太の顔を見つめてくる。

「そろそろ、仲直りして一人暮らしやめたらどうですか？　伊旗さんが可哀想《かわいそう》です。あんな面倒見のいい彼氏、ほかにいませんよ」

「えっ？」

言われた意味がわからなくて、響太は篠山をまじまじと見返してしまった。篠山は綺麗な桜色の唇をかるく尖らせる。

「どうせ喧嘩でしょう。二か月くらい前から電話したときに元気ないの、わたしが気づかないとでも思ってました？　心配してたら急に引っ越すし、これは別れたのかなあって思ってたら、今度は伊旗さんから連絡あるんですもの。つまり、別れてないけど、喧嘩した、ってとこでしょ」

どうですかわたしの推理、と胸を張られて、響太は口を開けたまましばらくなにも言えなかった。黙って反応しない響太に、得意げだった篠山が不思議そうな顔になる。

「利府さん？　また話聞いてませんでした？」

「き、聞いてます。聞いてたけど、だって、いきなり変なこと言うから！」

遅れて、ざあっと羞恥《しゅうち》がこみ上げてきた。

「わ、わかれるとか、彼氏とか、どこからっ……そんな……っ」

「ちょっと、そんな真っ赤になって照れるのやめてくださいよ、なんか恥ずかしいです。べつにわたし偏見ありませんから」

「偏見があるとかないとかじゃなくて、ほんとに俺と聖は、つきあうとか、そういうんじゃないです」

赤いと指摘された頰をこすりながら、響太は首を振った。一日に二人からそんな誤解したことを言われるのは心外だ。

「聖には、ちゃんと恋人もいるし」

「ちょっと……それ、ほんとですか？」

なぜか篠山のほうが、ふっと真顔になる。響太は小さく頷いた。

「千絵さんていうらしいです。聖はそんなんじゃないって否定してたけど」

「ははあ。否定されたけど、利府さんは信じられない、ってわけですか」

「信じられない、んじゃなくて……むしろ、そういう人が、いるほうが自然だなって気がついたっていうか……」

言いながら、仕事相手になんの話をしてるんだろう、と恥ずかしくなって、響太は身を縮めた。

「すみません、変な話をして」

「いえ、かまいませんよ。担当作家のコンディションはできるだけケアしたいと思ってますし、それを抜きにしても、わたし利府さんの絵が好きですから。ただの担当っていうだけじゃなくて、もうちょっと頼ってくれてもいいんですよ。なにか困ったことがあったら、ちゃんと相談してください」

とんとん、と書類を揃えて、篠山は丁寧な声で言ってくれた。響太は俯くように頭を下げた。

「ありがとうございます」

「おせっかいついでに言いますけど、伊旗さんに恋人がいるなんて、ありえないと思いますよ」

響太を見ながら、篠山はきゅっと眼鏡を押し上げた。

「誰かとお付き合いする時間的余裕、伊旗さんにはないでしょう。パティシエなんですよね？　利府さんと同い年なら職場ではまだまだ下っ端扱《ばあつか》いでしょうから忙しいはずですし、その上利府さんの面倒まで見てるのに」

励ますつもりで言ってくれただろう言葉が突き刺さり、響太は痛みをごまかすように笑った。

「それって完全に俺が迷惑かける駄目人間ってことですよね。それを卒業しなきゃ、って思ってるんです。ちょうどいい機会だから、もっと広い世界に目を向けようと思って。ほら、仕事にもプラスになるでしょう？」

「利府さん……」

「今恋人がいなくても、聖はいつか結婚するんだし、そうしたほうがいいに決まってるし。だから俺も、いい加減聖を卒業しなきゃなって……仕事も、これから今まで以上に頑張るので、よろしくお願いします」

言いながら、ほら平気だよ、と胸の内で自分に言い聞かせる。ちゃんと大人な対応ができてる。聖を好きとかじゃない。好きだけど、それは親友としてだ。

微笑んだ響太に、篠山は苦いものを飲み込んだような、変な顔をした。じっと響太を見つめてから、ため息をつく。

「こちらこそよろしくお願いします。だけど、利府さんは、もうちょっと自分の要求とか気持ちを、伊旗さんに伝えたほうがいいですよ」

「わがままなら、今まで散々言ったから、もう十分です」

笑みが強張りそうだった。これ以上、聖に要求するなんて非道な真似《まね》はできない。これからは、大人らしく一人で頑張るべきなのだ。

そう改めて決意しながら、響太は出版社を辞《じ》した。

空腹できりきりする胃をかかえたままアパートへ帰り着くと、普段は静かなアパート前の通りに、珍しく人がたむろしていた。

ざわつく人々に首を傾げつつ、早く部屋に入ろうとしたところで、背広姿の男性に呼びとめられる。

「失礼ですが、こちらのアパートにお住まいの方ですか？　お名前と部屋番号は？」

「一〇二号室の、利府ですけど」

なにか事件でもあったのか、と不安を覚えて男性を見返すと、男性は申し訳なさそうな顔をした。

「緊急事態なので、大家さんが鍵を開けて、中を確認してます。部屋は一応入れますが、足元にはよく気をつけてください。被害状況は明日にでも我々立ち会いのもと確認していただいて、その上で保険会社に請求していただくことになります」

「な、なにがあったんですか？」

「水漏れです。老朽化したところが破裂しまして、一部破損、一階は完全に水浸《びた》しで……とにかく、申し訳ありませんが今夜は寝起きできませんので」

同情する顔と口調で言われている途中で、響太は部屋に向かって小走りになった。開けっ放しになったドアから外廊下に水が流れた跡がある。玄関から室内に入ると、キッチンの壁には大きな穴が開き、なにもかもがぐっしょり濡れていた。特に穴の開いたキッチン側は大惨事で、どぶのような悪臭が漂っている。あちこちからまだ水がしたたり、積んだままの段ボールもぐしゃぐしゃだ。予想以上の惨状に、くらっと視界が暗くなる。

引っ越したばかりだし、すぐに入居できる安い物件というだけで適当に選んだ部屋だ。思い入れがあるわけではないし、持ち物にこだわるほうでもない。それでも今朝まで普通に暮らしていた場所が一変している光景は衝撃的だった。

(どうしよう……こんなことになるなんて)

壊れた壁の破片らしきものが散らばったキッチンには近寄れなかった。ダンボールのひとつを試しに開けてみたが、中の本や画材もすっかり水浸しだった。どうしよう、と途方にくれて顔を上げた響太は、仕事用のデスクからも水が垂《た》れているのに気づいて慌てて立ち上がった。

パソコンには今までの仕事のデータも全部入っている。モニタも本体もタブレットも、全部濡れた跡があって、響太は手を伸ばした。

どうか無事でありますようにと願いながら電源を入れようとしたとき、後ろから声がした。

「響太、危ないからよせ。それに今は電気が通ってないと思うぞ」

「——聖」

振り返ると、玄関口に聖が立っていた。片手にはスーパーのビニール袋をさげていて、見慣れたその姿に響太は無条件にほっとしてしまう。

ふらふらと聖のほうに行きかけて、ぽたんとしたたった水に響太ははっとした。

決意したばかりなのに、聖に頼ってしまったらいけない。この部屋はもう住めないかもしれないけれど、だからといって聖を頼っていいわけじゃない。

聖は染みだらけで穴の開いた壁やいまだ水のしたたる天井を見回して、響太を手招きする。

「貴重品だけ持って、今日はうちに来い」

「――行かない」

響太は首を横に振った。驚いたような顔をする聖から目を逸らし、デスクの引き出しを意味もなく開ける。

「片付けなきゃいけないから、今日はごはんいらない。聖は帰ってよ」

「飯どころの騒ぎじゃないだろ。どこで寝るんだよ」

「ホテルとかあるもん。平気」

よかった引き出しの中はあんまり濡れてない、と思いながらそう言うと、後ろで足音がした。はっとして振り返るより早く、ぐいと手を引っぱられる。

「今はくだらないことで意地張ってる場合じゃないだろ。いいから来いって」

強く引っぱる手があたたかくて、じんと頭の芯が痺《しび》れた。子供の頃みたいにしがみつきたい衝動をこらえて、逃れようと身をよじる。

「は、はなして」

「あのな響太」

聖がため息混じりに、響太の顔を覗き込んだ。

「今は緊急事態だろ。そういうときに遠慮してどうするんだよ。明日になったらここに戻ってこれるってわけじゃないんだし、ホテル暮らしなんかじゃ仕事もできないぞ」

こつん、とおでこがぶつけられて、響太は反射的に目をつぶった。キスされそうな距離に、どきどきとうるさく心臓が鳴る。こんなときなのに、どぎまぎしているなんておかしい。

「俺のところにいてくれないと、俺のほうが心配で仕方ないんだ。——大丈夫だから」

聖はキスしなかった。かわりに言い聞かせるように低くそう言って、つないだままの手をきゅっと握りしめてくれ、響太は喉までせり上がる熱い塊に負けて、聖の顔が離れると彼の胸に鼻先を埋めた。

嗅ぎ慣れた聖の匂いにせつなくなりながら、響太は呟いた。

「——クッキー、食べられなかった」

大事に食べようと思っていたのに、結局ひとつも食べないまま駄目になってしまった。

「クッキーくらい、また焼いてやるよ。……響太に怪我《けが》がなくてよかった」

聖の大きな手が、響太を促《うなが》す。連れられて部屋を出て、心配そうに見守っていた先ほどの男性に聖が連絡先を告げる横で、響太はじっと俯いていた。顔を上げたら最後、聖に抱きついてしまいそうだった。

「今日が早番でよかったよ」

聖が独り言のようにそう呟いて歩き出す。大丈夫だからな、と言う声は落ち着いていて、十年経ってもヒーローみたいだと響太は思う。響太を絶対に助けてくれる、頼りになるヒーローだ。

（でも、聖は俺のじゃない）

昔からなにも変わっていないように見えても、つないだこの手ももう、響太のためにあるわけじゃない。

蓋を閉めなきゃ、と思うのに、悲しい気持ちがどんどん溢れてきて、とまらなかった。

今日だけ、と自分に言い訳しながら、響太はそっと聖に寄り添った。住む場所はまた探さなければいけないが、今回だけは、聖を頼らせてもらおう。

一か月ほど前までは響太も一緒に住んでいたマンションは、なにも変わっていなくて快適だった。聖の趣味で北欧風のインテリアで統一された室内は、聖も忙しいはずなのに整理整頓が行き届いているし、あたたかい色みの食器はかつてのまま、なんでも二人分揃っている。

都内にいくつか店を構えるパティスリーに勤める聖の朝は早いが、バレンタインを過ぎると帰宅も比較的早くなって、夜ごはんは一緒に食べられるようになった。

「どうぞ」

慣れ親しんだ小さなダイニングテーブルの向かいで促す聖に、響太はため息をつきたい気分で「いただきます」と言った。今日のメニューは長芋《ながいも》を巻いた豚《ぶた》肉の照り焼きと、ニラともやしと油揚《あぶらあ》げのおひたし、かぼちゃの甘煮に根菜《こんさい》たっぷりのお味噌汁《みそしる》で、どれも響太が好きなメニューだ。

やむをえず同居を再開してからすでに十日。食事はここぞとばかりに響太の好物が用意されている。毎回おまじないのキスがついて、一緒に食べられない朝ごはんには、メッセージメモが添えられていた。居心地がよくて満ち足りた生活すぎるから、響太はため息がつきたくなるのだった。――ここを、出ていかずにすむならどんなにいいだろう。

水浸しになったアパートは、結局取り壊されることになった。パソコンも、データは復旧できたものの本体は使いものにならず、使用するソフトごと買い直した。洋服や家具類はすべて駄目になったし、仕事の資料を兼ねていた画集や写真集も捨てるしかなかった。瓶入りのカラーインクが無事だったくらいで、引っ越したばかりでほとんど蓄《たくわ》えもなく、かつかつで暮らしていた響太には大きすぎる損害だった。

損害補償金とやらが出るらしいが、それがいつかもわからないし、響太自身は保険には入っていなかったから、今すぐ引っ越して家財を揃えるのは現実的に厳しい。

だからやむをえず、聖のマンションにいさせてもらっているのだ――と考えるのが、我ながら言い訳めいているのが嫌だ。

ため息を隠しつつおいしい食事を終えて、響太はそそくさと立ち上がった。

「ごちそうさま。後片付けしとくから、聖はお風呂入ってきてよ。俺はもう入っちゃったから。それから、俺はまた夜仕事するから——」

言いかけて、じっと聖に見据えられ、響太は声を途切れさせた。観察するような目つきが怖い。へらっ、と笑ってみたが、聖は特にコメントせずに立ち上がった。

「とりあえず、風呂は入ってくる」

「うん。いってらっしゃい」

バスルームに向かう聖を見送って、響太は急いで食器を下げた。聖ほど手早く家事ができないから、皿洗いには時間がかかってしまう。聖が風呂から上がる前にやり終えて、画材を広げるかパソコンの電源を入れて、仕事に集中しているふりをしておきたかった。

なぜなら、今このマンションにはベッドがひとつしかないからだ。布団は買うと響太は言ったのに、「いろいろ出費がかさむんだから、兼用できるものは兼用でいいだろう」と主張する聖に押し切られてしまった。おかげで、下着こそ買い足したものの、服もほとんどが聖のものを借りている状態だ。

緊急事態だから仕方がないか、と響太も思ったのだが、最初の夜に聖に抱きしめられるような格好で寝た翌朝、響太は悟った。絶対に、二度と一緒には眠れない。

あたたかい布団の中で聖とくっつくのは、気持ちがよすぎた。聖のしっかりした身体に包まれたら、抗いようもなく瞼《まぶた》が重くなって、ぐっすり眠ってしまって、そうして気づいたのだ。自分がいかに、聖といることに慣れきっているか。

いつかは絶対離れ離れなんだから、と呪文《じゅもん》のように唱《とな》えながらできるかぎり急いで洗い物を終え、テーブルにノートパソコンとペンタブを出した。ラフを描くとき用のノートも広げ、バスルームのほうに耳を澄ます。聖はまだのようだ。

ほっとしてスケジュールを確認し、スケッチブックに向きあう。単行本の表紙のイメージはまだまとまらないが、定期仕事の雑誌のカットと、別の会社からのイラスト一枚はそろそろ描きはじめなければならない。

（一枚イラストは初夏の指定。雑誌は六月号だから、雨のイメージ、と。雨だけど楽しく……特集ページのあいだずーっと下にあるから、一続きの散歩道みたいにして……最後のページで虹を出して）

やわらかい草の生えた地面を試しに描いて考えているうちに、あくびが出た。昨日は昼間に寝たから夜起きていられたが、今日は布団に潜ったら聖の匂いがすることに気づいて眠れなくなった。おかげで徹夜したのと同じ状態で、猛烈に眠い。

（いけない……聖が寝るまでは起きてなきゃ……）

ふるふると首を振り、集中しようとするが、満腹なせいもあってか眠気は取れなかった。ちょっとだけ、と机につっぷしてしまうと、目が開けられなくなる。

起きなきゃ、起きてなきゃ、と考える意識が遠のいて、ゆらゆらする。身体もくらりと揺れた気がして、そこで響太ははっとした。慌てて顔を上げると、聖がすぐ近くで覗き込んでいた。

「うたた寝するような状態で仕事したって仕方ないだろ。今夜はちゃんと寝ろ」

「……大丈夫。働く」

「駄目だ」

首を左右に振った響太に短く言い返した聖は、響太の脇の下に手を入れて無理やり立ち上がらせた。

「ちょっ……くすぐったいってば！」

「いいからおとなしくしてろ」

身をよじる響太にかまわず、聖はそのまま響太を抱き上げた。軽々と肩に担《かつ》ぎ上げられて、かあっと頭に血が上る。

「やだっ、おろせよ……聖っ」

「却下《きゃっか》。寝るまで押さえつけておくから覚悟しろ」

1DKのマンションの寝室は、以前二人で使っていた部屋だ。今はひとつだけのベッドの上に降ろされて、宣言どおり上からのしかかられ、響太はもがくのをやめて息をつめた。

聖の身体が、密着している。顔がすぐ横にあり、腕は絡まるように重なっていて——まるで押し倒されたみたいだ、と考えて、全身が熱くなる。

「……、聖、どいて。寝る……寝るから」

「響太が寝たらどく」

「ひ……ひじり、やだ」

お腹の下のほうが特に熱くて、羞恥と焦《あせ》りで声が震えた。どこもかしこも密着した状態なのが怖い。心臓がどきどきしているのが、聖に伝わってしまう。

知られたら駄目だ、と思うと、いっそう身体が熱を持って、響太は混乱した。

(どうしよう……俺、なんか、変な感じ……)

「怖いか?」

ぴったり身体を押しつけたまま、聖が囁くように訊《き》いた。

「昔から、他人に触られるの好きじゃないよな、響太。俺にはだいぶ慣れたと思ってたけど——まだ怖い?」

「……っ」

耳に、聖の息がかかる。ぞくぞくと背筋が震えて、指先がぴくりと丸まった。その手を、聖が強く握りしめてくる。

「あっ……」

唇が耳朶《じだ》に触れて、身体が勝手に反り返る。零れた声は嘘みたいに甘ったるく響き、響太は恥ずかしさで息がとまりそうになった。

逃げたいのに、熱っぽい身体が聖とこすれて、身じろげば身じろぐほど、逃げられなくなる。お腹の奥からじわじわと熱いものがこみ上げる感じがあって、そわそわと落ち着かない。落ち着かないのに手足に力が入らなくて、ぶるっ、と震えが走った。

(なにこれ……やだ)

未知の感覚が怖かった。まるで自分の身体が自分のものではないようで、肌が粟立《あわだ》つ。

「聖……はなして……っ」

泣きそうになって訴えると、聖はまるで唸《うな》るような声を出した。

「響太。——俺はいつまで待てばいい？」

それは聞いたことのない、押し殺したような低い声だった。

聞くとびくびくと身体がひくついて、背筋をおかしな感覚が駆け抜ける。熊に捕まえられたシャケみたい、と思って、響太はどうにか聖を押し返そうとした。

「……なに、言って、るか、わかんないよ……っ。も、どいてよ。寝る、から」

「——響太、おまえ」

もがくと、聖が意外そうな声を出しながら身体を起こした。押し包まれるような圧迫感がなくなって、響太は仰向《あおむ》けのままほっと息をつく。

が、次の瞬間には、あらぬ場所をぐっと掴まれて、再び身体を強張らせる羽目になった。

「なっ——や、」

「やっぱりだ。勃《た》ってる」

妙に嬉しそうに聖が呟き、響太は呆然《ぼうぜん》と掴まれた場所を見下ろした。

緩くひらいた両足のあいだを、聖の大きな手が完全に包んでいる。その下で——たしかに、響太のそれは硬くなりかけていた。

「……うそ、夜、なのに」

朝の起き抜けに、そこが勃起《ぼっき》していることは響太だってある。けれど、こんな時間に反応したことはなく、自分でひどく動揺した。

どうして、硬くなったりするんだろう。聖に押さえつけられて、熱くなって、そわそわして勃つなんて変だ。

聖はそこに手をあてがったまま、生真面目な顔で言った。

「おまえ、自慰《じい》もしないもんな。同居してた六年のあいだで夢精したのも数回だったし」

「やっ……触んないで、……あっ」

くにゅ、と揉《も》まれて、おかしいくらいびくりとしてしまう。響太はベッドの上方にずり上がろうとした。

それを、聖が追ってくる。

「――ん、う……ッ、んーっ」

ひらいた唇がすっぽり聖の口に覆われて、吸われ、ちかちかと視界で星が回った。押さえ込むようにキスされたまま、聖の右手でゆっくりと股間を撫でさすられると、どろりと身体が溶け出すように重たくなる。

「ふあっ……ひじ、り、や、……あ、ぅ、んッ」

一度離れた唇はすぐ吸いついてきて、ぴちゃりと舐められる。熱くて濡れた舌の感触は初めての生々しさで、口の中に差し込まれると、腰までびりびりと痺れた。濡れた紙を破いていくように、心もとない痺れ。

（あ……へんっ……変なのに……気持ち、い……）

「んん……ふ、は、……あっ、ん、……ふ、ぅっ」

気持ちがいい、と感じることにぞっとした。

これではまるで、聖に欲情しているみたいだ。そんなはずないのに。

息が苦しくて目が熱い。やめてほしくて見上げた聖は怖いほど強い眼差しで、響太を見下ろしていた。肉感的な唇が、唾液で濡れて光っている。

「——中で、ぬるぬるしてる」

言い様《ざま》、聖は下着ごと響太のスウェットパンツを押し下げた。ぶるんと飛び出た性器は漏らしたみたいに濡れていて、かあっと全身が熱くなる。

「聖っ、やだ、やだってば、あ、ひ……んっ」

濡れそぼった先端を包むように、聖の手が響太のものを握り込む。根元から雁首《かりくび》までやんわりこすられ、ぞくぞくぞく、と走る震えに、響太は力なく首を振った。

「い、やっ……あ、やだぁっ……」

にゅる、にゅる、とてのひらが幹《みき》をすべる。自分でするのとは比べものにならない、圧倒的で強引な快感だった。見たことがないほどたくさん先走りを零す、いつになくくっきり見える割れ目を親指でこすられて、否応《いやおう》なく腰が跳ねた。

「や、らぁ……ひじ、り……あ、や、で、ちゃう、あっ」

出ちゃう、と訴えたときにはすでに遅く、刺激に慣れていない響太のそこはあっけなく弾けた。びゅく、と飛び散る感覚に、背筋がしなる。

「――あ、ぁ、あーっ……」

何度も吐精するあいだ、みっともなく腰ががくがくした。精液が自分の身体だけでなく聖の手も汚しているのを見ると、どっと涙が溢れてくる。

「ご、め……ごめん……や、だって、言ったのに……っ」

「――なじるのはいいけど謝るなよ」

聖はため息をつき、ベッド脇からティッシュを取って、体液にまみれた手を拭いた。続けて響太の身体もぬぐってくれ、ぼうっとされるがままになってから、響太は慌てて手を伸ばした。

「自分でやる！」

「もう拭いた」

聖は苦笑して、響太のスウェットをめくり上げる。食べても肉のつかない、痩せた身体が露《あら》わになって、響太は涙を拳でぬぐう。

「うそ……そっちまで汚れてる？」

「――いや。食わせてるのに、全然太らないなと思って」

呟きながら、聖が頭を下げる。なにしているんだろう、と思っているうちに心臓の上あたりにあたたかい湿ったものが押しつけられて、聖の唇だ、と気づいたときには、胸にキスされていた。

「ちょっ……ひ、聖⁉」

鎖骨《さこつ》まで服がめくり上げられて、胸に聖が口づけている。下半身は剝《む》き出しのままで、自分が無防備だと気づくと、ぞくりとまた震えが走った。

駄目だ。こんなことをするのは——よくない。

これ以上なにかされたら、気持ちよすぎて駄目になる。

「聖……ほんと、やだ……こ、わいって、ば……っ」

普段決して意識しない乳首にふうっと息が吹きかけられて、総毛立《そうけだ》つ。怖さで却《かえ》って手足から力が抜けて、響太はただ首を振った。

「やめてよっ……やだよ、こういうのっ……」

「——わかったよ」

唸るように言った聖が、しぶしぶと顔を上げる。眉をひそめたその表情は痛みをこらえるかのように険しくて、響太の胸もずきりとした。

「なんで、こんなことするの」

「なんでって、俺たちもう二十四歳だぞ」

「二十四歳だと、なんなわけ？　今、聖がしようとしたのって——普通は、好きな人同士が、するやつじゃん」

そう言うと、聖は一瞬ぽかんとしたように表情をなくした。

それから、長い長いため息をつく。

「わかった。もういい。寝ろ」

「——」

聖は響太の部屋着を元どおりに直すと、背を向けて横になった。

なにそれ、と響太は思う。なんで不機嫌になるのかわからない。間違ったことは言ってない。身体のあいうところを触ったり触られたりするのは性行為で、同意でなければ犯罪だし、愛しあう人同士がするべきことだ。そうじゃない人もいるかもしれないが、聖は真面目だし、不道徳なタイプではない。

(聖——今までこんなひどいことしなかったのに、どうしたんだろう)

響太も聖に背を向けてもそもそと丸くなった。くっついていないのに、聖が同じベッドにいるというだけで背中が熱い気がする。背中だけでなく、意識すると触れられた股間も、腹も、胸も熱かった。手が大きかった、と思うと、胸の奥がきゅうんと疼《うず》く。やすやすと響太の股間を隠してしまえる指の長い手に愛撫《あいぶ》された感触まで思い出し、熱っぽく分身が痛んだ。

(あ……また勃って、きちゃう……)

聖に指摘されたとおり、響太は自慰をめったにしない。朝の生理現象もトイレに行けばおさまるし、こんなふうに立て続けに硬くなるのは初めてだった。

これじゃまるで聖にもっとああいうことをされたいみたいだ、と思うと悲しくなった。今まで、こんなこと一度もなかったのに。聖がそばにいてくれれば、それでよかったのに。

のしかかられて重さと熱を感じて、触られたとき、感じたのは初めてでもそれとわかる快感だった。

(やっぱり——好き、なのかな。俺、聖のこと、女の子みたいに好きなのかな)

認めたくないし、嫌でたまらないけれど——身体が反応してしまうというのは、そういうことなのだろうか。違うはずだし、そんなことあってはいけないのだが、雪にも篠山にも指摘されたくらいだ。響太が気づかなかっただけで、周りには、聖が好きで甘えきっているように見えていた可能性を考えると、羞恥でいたたまれなくなった。

もしかしたら、聖も誤解されて嫌な思いをしたこともあるんじゃないだろうか。その時点で聖は響太をもっと突き放してもよかったのに、聖は今までそんな態度を一度も取ったことがない。面倒見がよくて、責任感があって、優しい男だから。

なのに自分は聖に触れられて感じてしまった。まるで、好きな相手にされたみたいに。

(——駄目。好きじゃない。好きなわけ、ないもん)

抱えた膝に強く額を押しつけて、響太は唇を噛んだ。優しい幼馴染みの幸せを願えないどころか、触られて射精するとか、ありえない。あさましい。

ただでさえあさましい欲張りなのだから、これ以上は駄目だ。恋なんか、絶対してはいけない。恋愛なんて身勝手な感情ではた迷惑なだけなのだから。

◇　過去　◇

母から離婚を告げられたのは、祖母の死からぴったり一か月後だった。夏休みの最中で、響太は聖が誘ってくれた、北海道《ほっかいどう》への帰省に一緒に行く許可を母にもらおうと思っていた。

珍しく早めに帰宅した母は、これまた珍しく響太を呼び、リビングダイニングのテーブルで向かいあって座った。

「お父さんとお母さん、離婚することになったから。この家のローンは今までどおりお父さんが払うから、あなたは引っ越す必要はないわ」

離婚する、と言われても、あまり驚きはなかった。むしろ「そうだよな」と納得して、響太は母を黙って見つめた。母は言いにくそうに顔をしかめ、小さくため息をついた。

「響太は引っ越さなくていいけど、私は引っ越すわ。もちろん、週に一回くらいは顔を出すつもりだし、なにか困ったことや、必要なことがあったら連絡して。あなたの親としての義務は、高校卒業まではちゃんと果たすから」

「……どういう意味？」

言われた内容がよく理解できずに首を傾げると、母はじれったそうにまたため息をついた。

「結婚したいの」

「え？」

「ずっと好きだった人がいるのよ。離婚しても半年は結婚できないのはわかってるけど、もう長いあいだ我慢してきたんだもの、今すぐにでも、二人で暮らしたい。好きなの」

早口にまくしたてる母親が、知らない人に見えた。少し震えた指先で髪を整え直す、知らない女性だった。幼稚園の先生がよく褒めていた、若くて綺麗で、いつもおしゃれをしている、母親という名の女《ひと》。

「本当はもっと早くに離婚して、その人と結婚して、やり直したかったの。でもおばあちゃんが許してくれなくて、仕方なかった。やっと自由になったから、これからは心から愛する人と暮らしたいと思ってる。響太は、一人でなんでもできるじゃない？　おばあちゃんが死んでも、一人でちゃんとやれてるから、大丈夫よね」

無理に作ったような微笑みに、響太はなにも言い返せなかった。ただ、足のほうから石になっていくような、嫌な感じがした。

「あっちだってきっと早く離婚したかったと思うのよ。響太も、半端な状態でいるほうがつらいと思うし。なのにおばあちゃんたら、離婚はとにかく駄目って言うんだもの。これでやっとすっきりするわ。ああ、お金のこととか、心配しないでね。お父さんからもちゃんと養育費が出るし、大学も行かせてあげるわ。将来引っ越しとかで保証人が必要なら私がなってあげられるし。いいでしょう？」

「いいけど」

響太自身は、べつに不安でもないし、困ることもない。人間、なんとかなるようにできているのだ。

でも。

「おばあちゃんのこと、悪く言わないでよ。そういうの――卑怯《ひきょう》だ」

めったにないことに、響太は怒りを覚えていた。身体の中の箱の蓋が外れて、そこからどろりと暗いものが這《は》い出してくる。

好きってなに、と思う。おばあちゃんはお母さんにとっても家族だったはずなのに、邪魔な存在みたいに扱って、悪者のように言うなんて、ひどすぎる。

(俺だって、ずっといい子にしてたよね。ちゃんと片付けて、静かにして、一人で)

母は唇を震わせて、口をひらきかけ、けれど結局黙り込んだ。そのまま、もう話は終わりだというように席を立つ。無理に抑《おさ》えた足取りで玄関に向かい、出ていく音を聞きながら、響太はじっとしていた。

好きってなに、と口の中で繰り返す。

誰かに恋して、あんなふうに身勝手になるなら、一生恋なんてしたくない。おばあちゃんは一度も、お母さんを悪く言ったことはなかったのに。

気がついたら朝になっていて、聖が覗き込んでいた。

「あ、ひじり」

「あ、聖、じゃない。玄関、鍵開いてたぞ。ピンポンしたのに返事ないから、焦《あせ》った」

はーっとため息をついて、聖が触れてくる。いたわるように髪を梳《す》かれて、すっかり身体が冷たくなっていることに、響太はやっと気づいた。リビングダイニングの椅子に膝を抱えて座った昨晩の格好のままで、手をほどいて立ち上がろうとすると、ぐらっと身体が傾ぐ。慌てて聖が支えてくれた。

「ばっ……気をつけろ、大丈夫か？」

「うん……ぎしぎししてる」

「まさか昨日、この格好のまま寝たとか言うなよ？」

「覚えてない。——おなかすいた」

支えてくれる聖の腕の中はあたたかくて気持ちよかった。自分よりずっと大きい胸元に頬をすり寄せると、聖がそっと背中を撫でてくれた。

「今、朝飯作ってやる。その前に水飲もう」

「うん——、ん」

上を向かされ、ちゅっと唇を重ねられても離れたくなくて、響太は聖の身体にしがみついた。

「あったかい」

「おまえが冷たいんだって。夏なのに——こんなに冷えて」

少しだけぎこちなく抱きしめ返されるのが、たまらなく気持ちいい。しばらく抱きしめてくれてから、聖は静かに「なにかあった？」と訊いた。

「なんか、離婚するんだって。でも俺は引っ越さなくていいみたい。母さんは、よそで暮らして、たまに来るって言ってた」

「――なんだよそれ」

「好きな人が、いるんだって」

報告しながら、また昨夜《ゆうべ》のように嫌な気持ちになるかと思ったが、聖の腕の中にいるせいか、箱の蓋はきちんと閉まったままだった。仕方がないよな、とさえ思う。

（もともと、俺が好かれてないのはわかってたし。おもちゃ、散らかさなくたって、帰ってこない人だった）

「身勝手すぎるだろ、そんなの」

かわりのように聖の声が怒っていて、響太はくすっと笑った。

「いいよ、平気。箱の蓋は閉めちゃったし。今までとたいして変わらないもん」

「箱？」

怒った顔のまま、いぶかしげに聖が訊き返した。うん、と響太は胸の下あたりを押さえてみせた。

「身体の、このへんにね、箱があるんだ。それの蓋を閉めると、平気。なんにも嫌じゃなくなるよ」

「――響太」

「それに聖がいるもの」

甘える猫にでもなった気分で、すりすりと聖にすり寄ると、聖はぐっと抱きしめてくれた。

「俺はいる。響太を、置いていったりしないよ」

「うん。ありがと。——でも」

聖がいれば平気、と響太は思う。聖がいればなにも怖くないから、なんとかなる。

「……でも俺は、恋愛とかしたくないな。すごいみっともないし、わがままだし、勝手だし。聖がいれば、俺はそれだけでいいや」

独り言みたいな響太の呟きに、聖はなにも言わなかった。

◇　現在　◇

週明けの月曜日は聖が休みで、退院する母親に付き添ったら帰ってくるから、と出かけていった。この隙に、と響太は仕事をいくつか仕上げて送信し、聖が帰ってくる前に、マンションを出た。

聖の手で射精してしまった翌日、聖は響太に謝ってくれ、それから普段どおりに接してくれているが、響太のほうが、うまく振る舞えなかった。

そばに聖が来るだけで、どきりと心臓が音をたて、身体が強張る。おまじないのキスのときもがちがちに緊張していて、震えているのが聖にも伝わっているはずだった。

そのくせ、「もうおまじないはいらない」と拒《こば》めない自分が、心底恥ずかしい。

やめなければ、こういうのはよくない、と思っているのに、拒めないのだ。

(……やっぱり、深層心理的なやつでは、聖にあいうことしてほしいのかな……)

そう考えるとぞっとして、響太はため息をついた。

帰ってくる聖と顔をあわせたくなくて部屋を出てきたけれど、行くあてもない。食べられない症状は同居を再開しても改善はしておらず、喫茶店に入る勇気もなかった。

あてどなく歩いて、小さな公園を見つけた響太は、ひとつだけあるベンチに腰を下ろした。遊具は塗装《とそう》の剝《は》げかけたパンダの乗り物しかなく、平日の半端な時間のせいか、それとも雨の降り出しそうな天気だからか、誰もいない。

「……手袋してくればよかった」

マフラーに顎を埋め、冷えきった指先をこすりあわせて、空を見上げる。凍《こご》えそうに冷たい曇天《どんてん》と同じくらい、頭の芯が凍ってしまったように、うまく考えられない。

どうやったら前みたいに、聖の友達に戻れるのだろう。

みっともなく欲情したりしないで、わがままを言ったりしないで、聖の幸せを祝福できるような大人になれたらいいのに。

「飲みますか?」

ひっくり返りそうになるまで仰《あお》向いた視界に、ぬっと赤い缶が出現して、響太はまばたきした。

視線をずらすと、缶を持った手とあたたかそうなコートの袖が目に入り、その先にはにこやかな顔があった。

「――ケーキ屋さん」

「なんだか懐《なつ》かしい呼ばれ方です。こんにちはお客様。よかったら缶コーヒーどうぞ」

頭の位置を戻した響太の前に改めて缶コーヒーを差し出したケーキ屋の男性は、「隣いいですか？」とにこやかに訊いた。

「あ、どうぞどうぞ」

「こちらもどうぞ。甘いのがお嫌いじゃなければ」

「――ありがとうございます」

断れず缶コーヒーを受け取ったものの、口をつけることはできなかった。もらって飲まないのは失礼だよなあと困っていると、彼がにこりと笑う。

「私は成原《なりはら》と言います。缶コーヒーが苦手でしたら、手をあたためるのにでも使ってください」

「あ……すみません。ありがとうございます」

気遣われるいたたまれなさに首をすくめて、響太はそっと缶コーヒーを両手で包んだ。熱いくらいの缶は、冷えきった手にありがたかった。

「今日は、ケーキ屋さんはお休みなんですか？」

「ええ、月曜定休です。家が近くなので、散歩をしていたらお客様が見えて、なんだかとても寂しそうに見えたので、つい」

「そうだ、俺は、利府響太って言います」

名前も名乗ってなかったと、慌てて隣の成原に頭を下げると、成原はまたくすっと笑った。

「いつもありがとうございます、響太さん。今日もお一人なんですね」

「――」

予想以上に胸に痛みが走って、響太は声をつまらせた。よほどあからさまな表情だったのか、成原が申し訳なさそうな顔をした。

「すみません、変なことを言いましたか。もしかして、喧嘩でもしたんですか?」

「……いえ、そういうんじゃ、ないんですけど」

「喧嘩ではないけど、なにかはあった、という感じでしょうかね。悩みごとか悲しいことでもなかったら、そんな寂しい顔をする人はいませんよ」

かしん、と音をたてて自分の分の缶コーヒーを開けた成原は、一口飲んでから響太を見て、優しげに目を細めた。

「もしよかったら愚痴《ぐち》でも相談ごとでも、お聞きしますよ。親しくない相手のほうが、こう、わーっと言えたりしますし」

「そんな、でも、ご迷惑ですよね」

「嫌だったら声なんかかけません。少しすっきりしたら、またお店に来て、私のケーキを食べてくだされればそれでいいです」

そう言われても、この先響太が成原の店のケーキを食べられるかどうかは、かなり怪しい。逡巡《しゅんじゅん》するると、成原は今度は悪戯っぽく笑った。

「それとも、こんなおじさんは嫌ですか？」

「そんなことないです」

三十代半ばだろう成原は、響太から見てもおじさんと呼ぶのははばかられる若々しさだ。思わずつられるように笑ってしまい、そうするとへにゃっと気持ちが崩れた。

口にしてしまえば、いっそ決心がつくかもしれない。響太はくるりと缶コーヒーを回した。

「俺が――好きになっちゃいけない人を、好きになったかもしれなくて、どうしてこんなことになっちゃったのかなあって、困ってたんです」

「好きになった、かもしれない？　まだわからないんですか？」

不思議そうに成原が問い返して、響太は頷いた。

「ほかに誰かを好きになったことがないからわからないんです。それに、恋愛は嫌いだから――そういう『好き』じゃないはずだし。きっと、勘違いのはずなんです」

自らに言い聞かせるように響太が言うと、成原は困った声を出した。

「ははあ……それは難しいですね」

「それに、あっちには彼女がいるし。いや、……いないかもしれないんですけど、今いるかどうかは、たいした問題じゃなくて、彼女がいないと駄目っていうか」

「なるほど。つまり、響太さんは、好きになったかもしれない相手がいるが、自分は相手にふさわしくない、と考えてる、ということですか」

「……ちょっと違うかもしれないですけど、そんな感じです」

「私がもし、響太さんに好かれているかもしれない人間だったら、響太さんがそんなふうに考えていたらとても悲しいですけれど。だって、こんなに可愛らしい人なのに」

成原が生真面目な表情を作って片手を胸にあててみせ、その芝居《しばい》がかった仕草に、響太はつい苦笑した。

「成原さん、お世辞《せじ》、下手ですね」

「お世辞じゃないんですけどね」

同じように苦笑した成原は、コーヒーを一口飲むと、ふっと前を向いた。

「すごく不躾《ぶしつけ》なことを訊きますが、響太さんの好きかもしれない人は、以前一緒にケーキを買いに来た方ですよね」

ごく穏やかな声だったが、響太はぴくんと肩を揺らしてしまった。

(……そんなに、俺ってわかりやすいの？　数回しか会ってない人にまで、わかっちゃうくらい、幼馴染みを好きになるような、変なやつに見える？)

雪も、篠山も、成原も。みんな、恋人みたいだとか、つきあってるだとか言うのだから、やっぱり、身勝手なオーラみたいなものが滲《にじ》み出てしまっているのかもしれない。

「……どうしてそう思うんですか？」

こわごわ成原のほうを見ると、成原は目尻を下げて微笑んだ。

「彼が響太さんのことをとても大事に思っているようだったのと——さっきから響太さんが言う相手の方、『彼女がいないと駄目』ということは男性ですよね」

「——あ」

全然気がつかなかった。そんな単純なうっかりだったのか、と赤くなると、成原はふふっと笑って手を振った。

「指摘されるのが嫌だったらすみません。でも私は、恋愛対象が異性だろうと同性だろうと、人を愛せる人間は素晴らしいと思いますよ」

「そうでしょうか。人を好きになるのって、免罪符《めんざいふ》にはならないと思いますけど」

響太は眉を寄せて手元を見下ろした。成原は怪訝《けげん》そうな声を出した。

「免罪符？」

「好きだからって、わがまま言ったり、迷惑かけたりしていいってことじゃないです。俺は嫌いです、そういうの」

「なるほど。響太さんて面白い方ですね。そんな、うさぎさんみたいな外見なのに、頑固《がんこ》なんですね」

「うさぎみたいなんて、言われたことないです」

冗談ばっかり、と咎《とが》めるように成原を見ると、成原はくすりと笑った。

「私なら、恋人のわがままはたまらなく嬉しいですけれど」

「でも——他人に迷惑かけることもあるでしょう」

「うーん。たしかに、それはないとは言えませんね。でも、そうやって愚《おろ》かになるのも、恋愛の醍醐《だいご》味《み》なんじゃないですかねえ。人間、理性だけで生きているわけではありませんから」

静かで実感の籠もった成原の声には、説得力があるように響太にも思えた。でも、響太は「そうですね」と同意できなかった。黙り込むと、成原は慰《なぐさ》めるように微笑んだ。

「響太さんは、自分が彼と一緒に幸せになりたい、とは思わないんですか？」

「それは——思いません」

響太は首を横に振った。

「聖のお母さんは、聖には結婚してもらって、孫の顔が見たいって」

「ああ——それは、難しいですね」

悩ましげに成原は顎に手をあてた。

「昨今《さっこん》、同性愛については寛容《かんよう》になりつつあるといっても、まだまだ他人事だという人がほとんどですしね。自分の息子が、となると、なかなか受け入れにくいというケースもあるでしょう。——でも、相手のその、聖さんはどう言うでしょうね」

「聖は優しいから、俺がいてもいいってきっと言うけど。でも、俺は——聖の十年分の時間を、もうもらってるから。もう、やめないと」

「十年ですか。それは長いですね」

拳を握って自らに言い聞かせるように言った響太に、成原は感心したように呟いてから、響太の目をじっと見つめてきた。

「その十年のあいだに、響太さんは今まで一度も、聖さんと離れようとは考えなかったんですね」

ぎしりと、心臓が軋んだ。

一度も考えなかった――ような気がする。

否、あったかもしれない。くもった冬の日の夕方みたいな灰色の痛みは、初めてのようだけれど、たぶん知っている痛みだ。箱の中に眠っている苦痛。寂しさ。

（……あれ？）

なんだかひどく大事なことまで忘れているような気がして、響太は何度もまばたきした。聖との思い出で嫌なことはない。だから箱にしまってなかったことにする必要なんか、ないはずだ。

成原は困ったように微笑んだ。

「そんな顔をしないでください。すみません。響太さんは、とても聖さんのことが大事なんですね」

「大事です。……大事だから、甘えるのは、やめなきゃ」

きしきし痛む胸を押さえて呟くと、成原はうーん、と唸った。

「でも、やめるって、どうするつもりですか？」

問われて、響太は首をひねった。そうだ。どうすればいいのだろう。もう一回引っ越しして別居して、今度は解決できるだろうか。また聖の世話になるわけにはいかない。できれば今度は聖も納得して、もう響太を気にしなくていいのだ、と思ってもらうのがいい。安心してもらって、聖は本来の自分の居場所で、おばさんや雪という家族と一緒に、新しい彼女と幸せにならなければ。

でもその方法が思い浮かばなかった。

「どうしましょう？」

途方にくれて成原を見返すと、成原はまた困ったように笑った。

「本当に放っておけないタイプなんですね響太さんは。彼の気持ちもわかるなあ」

それから成原は、意味ありげに響太を一瞥した。

「では、こういう案はいかがですか。響太さんが、新しい恋人を作るんです。失恋の痛手を癒《い》やすには新しい恋って言うでしょう？」

「新しい恋人……」

それはいいかもしれない、と響太は思った。恋愛はしたくないが、嘘でも恋人ができたと言えば、聖だって嫌な顔はしないだろうし、これ以上自分が世話を焼かなくてもいいのだと安心してくれるに違いない。

問題は、自分にかかりそめでも恋人が作れるかどうか、だ。

「——恋人って、どうやって作ればいいのかな」

前途多難すぎる、とため息とともに呟くと、成原がコートのポケットに手を入れた。

「合コン、という手もありますけど、真剣なお付き合いを考えるのでしたら、お見合いパーティという方法もありますよ。ただ、相手は女性ですけれど」

「全然いいです。お見合いパーティなんてあるんですね」

「私もね、去年思うところがあって、登録だけした婚活サイトがあって、そこの会員同士で定期的に小規模な食事会がひらかれているんです。ああ、あった、これがそのサイトの紹介カードです」

「ありがとうございます」

成原が差し出した名刺大のカードを、響太はありがたく受け取った。

「俺、こういうの全然知らないから、参考になりました」

「それはよかった」

にっこりして成原が立ち上がった。

「ところで、冷えちゃいましたし、お茶でもどうですか？」

「え？」

「恋人を新しく作りたいなら、お見合いパーティもいいですが、手近なところで試してみるのもいいと思いませんか？」

微笑まれ、響太は首を傾げた。意味の呑み込めていない響太に成原は苦笑して、言い直してくれた。

「ですから、よろしければ私とデートしてみませんか。こうやって話したのもなにかの縁ですし、私も、響太さんともう少し仲良くなってみたいので」

そっと手を差し出されて、絵になる人だな、と響太はぼんやり思った。外国人みたいな仕草が様になる。

かっこいい人だなあとは思うが、男性を恋人にする、という発想がなかった。でも、自分の恋人は男性でも問題はない。聖も成原の存在は知っているから、恋人ができたと言ったときにすんなり納得してもらえるかもしれない。

それに、成原は響太を励《はげ》ますために言ってくれているのだろう。デートだなんて冗談めかした言い方には、優しさが感じられた。このまま一人で夜まで過ごすより、成原と一緒に出かけるほうが建設的だと、響太も思う。

(……すごい。人間、ほんとになんとかなるようにできてるんだなぁ)

落ち込んでたら優しい人に助けてもらえるなんて、と、なんだか妙に感心したい気持ちになって、響太は頷いて、自分で立ち上がった。

「ありがとうございます。デート、行きます」


お茶はちょっと、と断ったら、響太さんの好きなところにしましょうと成原が言ってくれたので、ときどき行く大きな画材屋につきあってもらうことにした。

移動しながら、携帯電話の番号を交換して、お互いに仕事の話や自分のことを話すのは不思議な感じだった。ほとんど初対面の人間と、親しくなろうとしてどこかに出かけるなんて、初めての経験だ。

成原は、下の名前は「青《せい》」といい、それがお店の名前になっていることや、子供の頃は犬と猫とうさぎとハムスターを飼ったことがあることを教えてくれた。響太は、聖が隣の家に住む幼馴染みだったことや、彼がパティシエであること、自分はイラストレーターをしていることなどを、ぽつぽつと話した。成原は聞くのがうまくて、彼と話すのは予想以上に楽しかった。

画材屋で荒目《あらめ》の水彩紙と色インクをいくつか買ったあとは、成原の希望で近くの大型書店に行った。

「成原さんは、本が好きなんですか?」

「そうですね、人並みには。でも今日は、響太さんがイラストを描いている雑誌が見てみたくて。すごいですよ、お若いのにもう画業で食べているなんて」

成原が、響太を見下ろして微笑む。なんとなく照れくさくて響太は首をすくめた。

「まだまだ新米だし、食べてる、って言えるほど楽じゃないです。――あ、これです」

今月発売の四月号が並んでいるのを指差すと、一冊取った成原は目次のページを開けた。響太も横から覗き込む。

「この――特集のカットと、それから羽田先生の連載のイラストが、俺のです」

「春らしい絵ですね。うさぎがいる。この隅の文字は、響太さんのサイン?」

「はい」

「やっぱりうさぎに似てますよ、響太さん」

ぱたんと雑誌を閉じて、成原が優しい目で見つめてくる。身構えるまもなくするっと髪に触れられ、響太はびくりと首をすくめた。

「似てない、です」

「私に触られるのは嫌ですか？」

「成原さんだけじゃなくて、あんまり、得意じゃないんです。——ごめんなさい」

「こちらこそすみません。でも、そういうところもうさぎのようです」

成原は機嫌を損ねたふうもなくにこにこしながらレジへと向かう。ついていきながら、響太は自分の髪を引っぱってみた。こんな癖っ毛のうさぎはいないと思う。

「似てないと思いますけど——そういえば昔、子供の頃は、うさぎになれたらいいなって、思ったことはあります」

「うさぎにですか？　飼ってたことでもあります？」

レジで雑誌を差し出しながら、成原が見下ろしてくる。響太は首を左右に振った。

「学校で、クラスの女の子が言ってたのを聞いたんです。うさぎは、寂しいと死んじゃうって。それ聞いて、羨ましいなあって」

「寂しいと死んじゃうのが、羨ましいですか？」

「だって、便利じゃないですか」

「便利。便利か。さすが芸術的な仕事をしているだけあって、面白いですね響太さんは」

笑って、成原は支払いを終える。

「ますます、私は響太さんに興味が湧いてしまいました。——ずいぶん歩きましたし、一休みしませんか」

「あ……」

笑みが強張って、響太は言い淀《よど》んだ。成原は優しく首を傾げた。

「お茶を飲んでも、べつに響太さんのことを食べちゃったりはしませんよ？」

「——食べられないんです」

嘘はつけなくて、響太は俯いて言った。

「俺、食べられないから」

成原は怪訝そうな顔をしてから、真面目な表情になった。

「食べられないって……コーヒーやお茶が苦手ですか？」

「全部、駄目なんです。飲み物も食べ物も……聖の作ったものか、聖がいないと、食べられません」

「なんにも、ですか？」

「なんにも、です。一時期はよくなってて、聖のお守りがあれば食べられたんですけど」

「——それはまた」

成原がコメントに困っているのが伝わってきて、響太は頭を下げた。

「ごめんなさい」

「響太さんが謝ることはありませんよ。体質なら、仕方ありませんし。でも疲れたでしょう? 響太さんはなにも口にしなくてもいいですから、どこかあたたかいところで休みましょう」

ぽんと成原が背中を叩いてくれ、「おっと、これも嫌ですか?」とおどけるように訊いた。響太はそれでずいぶんほっとして、成原の顔を見ることができた。

「大丈夫です。すみません……俺、いろいろ、アレな感じで」

「聖さんがあなたを大事にしている理由が、私にはよくわかりましたよ」

年上らしい穏やかな表情で、成原は言った。近くにくつろげる店がありますから、と身体に触れずに促してくれる仕草も、手慣れていて優しい。

「では、十年、ですか。そのあいだ、聖さんは響太さんの食べるものを、一手に引き受けてこられたんですね」

「そうです。中学のときから」

「なるほど……失礼ですけど、響太さんの親御《おやご》さんは?」

書店を出て大通りを並んで歩きながら問われ、響太は少し迷ってから首を横に振った。

「うち、すごい放任だったんです。父はもともと家に居着かない人だったし、母は俺が中学のときに離婚して、再婚して、やっぱり家にはほとんどいなかったから」

「それは……大変でしたね」

聞いた成原は、痛ましそうな顔をした。同情されるほどひどい状態だったとは、響太は思わないのだが、聞いた人はだいたいこういう顔をする。平気なのにな、と響太は笑顔を作ってみせた。

「俺はそんなに大変じゃなかったです。高校の頃なんか、のびのびできてよかったくらい。聖がほとんどずーっと一緒だから寂しくなかったし。それに、食べられないのがひどかったのって中学を卒業するまでで、あとは聖が触ったものとか、食べさせてくれるものは、ちゃんと食べられてたんですよ。

——聖は、大変だったと思うけど」

言いながら、改めて響太は噛みしめていた。そうだ。大変だったのは響太ではなく聖のほうなのだ。

「聖に、面倒くさいとか、気持ち悪いって突き放されても仕方なかったのに」

画材の入った袋を握り直す手に、聖の手のぬくもりが蘇る。ベッドで押さえつけられた強さ。唇。怖いくらい強い眼差し。

「気持ち悪い、なんて言う人はいないと思いますよ。まして聖さんは、きっとあなたを大事に思っているからこそ、十年もあなたのそばにいるのでしょうし」

「俺は、自分のこと気持ち悪いです」

響太は吐き出すようにそう言った。射精したときの快感を思い出すと、背筋が冷たくなる。無理に顔を上げて成原を見上げ、響太はちょっと笑った。

「聖には内緒にしてるけど、俺、聖が触ったものなら紙も食べられるんです」

「……紙？」

「そう。聖が文字を書いてくれたメモとか、ノートとか。食べちゃうんです。買ったおにぎりは吐くのに、紙は食べられるとか、すごい気持ち悪いし、迷惑ですよね。さすがに聖も嫌だろうなと思って、それは黙ってて——そういう姑息《こそく》なところも、気持ち悪いでしょ」

成原は咎めるように眉をひそめた。

「食べられるもの以外を食べてしまうという病気もありますから、気持ち悪い、なんて言うのは感心しませんよ。それに、私は聖さんがもしその事実を知っていても、響太さんを突き放したり、放り出したりはしないと思います。違いますか？」

穏やかだが諭すような成原の口調に、響太は瞼を伏せた。しゅうっと気持ちが沈んでいく。

成原の言うとおり、きっと聖はなにを聞いても響太を放り出さない。

（……だから、困るんだ。許してくれちゃうから）

成原はかるく響太の上着の袖に触れた。

「ここを曲がったらときどき行く店があります。——響太さんを非難しているわけじゃないんですよ」

大通りから曲がって路地に入ると、少し先にヨーロッパ風のオーニングを出した喫茶店が見えた。あそこです、と指差した成原は、慰めるようにもう一度響太の腕に触れてくる。

「お話を聞いていると、響太さんがどれほど聖さんを大切に思っているかが伝わってきますし、きっと同じくらい、聖さんも響太さんが大事なのではないでしょうか。すごく素敵な絆《きずな》だと思いますよ」

「――そうだと、いいんですけど」

赤いオーニングの下は赤茶色のレンガの階段になっていて、成原について上りながら響太は心の中で呟いた。

(素敵な絆、だったら……余計に、壊しちゃ駄目だよね)

友達なら、響太だって悩まない。友達らしくないことばかり考えてしまうから、困るのだ。

(でも触られて勃っちゃいましたとか、さすがに言えないし)

ため息を隠しながら店内に入ると、中は思ったよりも広く、控《ひか》えめな照明でいい雰囲気だった。暖房がよく効いていてあたたかい。

「いらっしゃいませ。お二人様ですか?」

クラシカルな格好の男性店員が寄ってきて、窓際の席のほうに案内してくれようとしたところで、響太は見回した店内の奥に、見知った後ろ姿を見つけた。

考えていたあらゆることが一瞬で消えて、痛みが身体を貫いた。胸の中で軋んだ箱が、音をたてて砕け散る。

短く整えた髪に、広い背中。見覚えのある服。ぼんやりした明るさの中でも、凜《りん》として見える落ち着いた緑色。

その男性の奥には、女性が座っていた。真剣な表情で身を乗り出すようにしてなにか話している彼女は、響太たちと同じくらいの年齢だろうか。ぱつんとしたボブが溌剌《はつらつ》とした印象で、赤いセーターがよく似合っていた。

二人は熱心に話し込んでいる。

「響太さん？」

動かない響太を、成原が呼んだ。張りついてしまったように感じる視線を無理やり剝がして、響太は成原を振り返った。成原は、響太の顔を見て眉をひそめる。

「大丈夫ですか。すごく顔色が悪い。無理させてしまいましたか？」

「違うんです。違うけど……でも、気分が、悪くて」

本当にぐらぐらと目眩がした。いるんじゃん、と思う。彼女、やっぱり、いるじゃないか。

「……ごめんなさい。帰ります。今日は、楽しかった、です」

息が吸えない気がした。無理に声を押し出して頭を下げて、響太は急いで喫茶店を出た。

いるじゃないか、と繰り返す。

親しそうに話していた二人。あの人が、きっと、千絵さんだ。

◇　過去　◇

中学の卒業式のあとの謝恩会《しゃおんかい》も終わった、帰り道。

隣を歩く聖を見ながら、響太はむうっと唇を曲げた。

「ボタンもらうとなんなわけ。迷信じゃん。女子、野蛮《やばん》すぎるよ」

「別れって寂しいから、こういう儀式があったほうが、区切りがつくんじゃないか？　記念になるものを取っておきたいって思うのも、ちょっとわかる」

聖の学ランのボタンは、綺麗に全部なくなっていた。女子たちはみんな好きな男子の第二ボタンがほしいのだとクラスメイトが教えてくれたが、だったらほかのボタンは意味がないはずなのに、全部取られてしまったのだ。どうしてそんなことするんだろう、と響太が顔をしかめたら、誰かが「たしか思いが叶うとか、そんなんじゃなかったかな」と言った。すごくあやふやで不確かな迷信で、関係ないボタンまでむしり取るなんて、と響太は改めて憤慨《ふんがい》してしまう。

高校生に間違われるくらい背が伸びた聖は、学ランの裾をはためかせて歩くのが妙にかっこよくて、それが余計に、響太の気持ちを刺激した。

「だいたい、卒業するのは聖なのに、後輩の子が泣く意味がわかんない。迷惑じゃん」

卒業式のあと、聖は女の子たちに囲まれた。二年生の子も、同級生の子もいた。聖のボタンを奪いあった女の子たちはここぞとばかりに「好きでした」だとか「卒業しても遊びに来てください」とか言い続けて、ほかの男子たちはため息をついていた。

聖は一見ぶっきらぼうだけれど、誰にでも親切だし丁寧だから、女子にも好かれるのは響太だってよくわかる。わかるけれど。

「女子が騒ぐから結局聖まで先生に怒られたし。ボタンなんか持ってたって、どうせ恋なんか叶わないのに、好きって言えばなんでもしていいと思ってんのかな」

「今日は機嫌悪いな、響太」

ぷりぷりする響太とは反対に、聖は機嫌がよさそうだった。

「ボタン持ってたら恋が叶うって、初耳だけど。響太、誰に聞いた？」

「クラスの男子。どうせ迷信でしょ」

「厳しいな。まあ、記念にしろ、お守りにしろ、泣くくらい真剣な気持ちだったのかなって思うと——邪険《じゃけん》にはできないよ」

いつになく穏やかにそんなことを言う聖の横顔は大人びていて、響太は置いていかれたような気持ちになった。

今日の告白は全部断っていたけれど、どうなんだろう。高校に入ったら、もっともてるんじゃないだろうか。彼女ができたり、するんだろうか。

嫌だ、と思った。響太が聖と過ごしている時間に、知らない女子が入ってくるなんて、絶対に嫌だ。どろっとした嫌な色が胸の箱から溢れてきて、響太は足を速めて聖を追い越した。

（しまわなきゃ。片付け……おもちゃ、散らかしてたら、置いていかれちゃう）

脳裏《のうり》で遠い記憶が明滅して、うっすら吐き気がした。熱が上がってだるい身体と火照《ほて》った頬と、「散らかすならもう帰ってこないから」と告げた母親の声と、ちらばった色鉛筆。おもちゃ箱。

「絶対やだ」

嫌な気持ちに押し流されるように、響太は呟いた。

「聖が女子とつきあったら、俺、聖を嫌いになっちゃうかも」

「へえ」

本気にしてない声で後ろの聖が笑う。それがやたら嬉しそうに聞こえて、響太はぱっと振り返った。

「なに笑ってんの！　俺に嫌われてもいいの聖は！」

「響太に嫌われたら落ち込みまくって立ち直れないよ。でも大丈夫」

「なんでっ」

「だって女子とつきあう気ないし」

あっさり言われて、沸騰《ふっとう》しそうだった頭が冷めた。

「――――ないの？」

「ないよ」

目だけで微笑んで、聖は悠々と響太に追いついて隣に並んだ。ぽんぽん、となだめるみたいに背中が叩かれる。なんだそっか、と思ったら、空気が抜けるように、どろどろの嫌な色がすうっと消えていく。

「そっかあ……。じゃあ、いいや」

「嫌いになるのやめてくれた？」

「うん」

頷くとまた笑った聖が、ちょん、と響太の癖っ毛を引っぱった。

「いつかは、恋愛したいなと思うけど」

「――うそ」

今つきあう気はないって言ったのに、と思うとたちまち視界が暗くなって、呆然と響太は聖を見上げた。聖は苦笑して、緩く首を振る。

「悪い。響太がやっとわがまま言ったなって嬉しくて、ちょっと急ぎすぎた。今のは忘れていいよ。ほら、箱の蓋。閉めたら、忘れられるんだろ」

「……」

箱の話なんか、聖にしたっけ、とぼんやり思う。覚えてない。聖なら、響太のことをなんでも知っていても驚かない。でも、うんそうだね、と応じる気にはなれなくて、響太は何度もまばたきした。聖に見つめられると、ときどき、おかしいくらい鼓動《こどう》が速くなるのはなぜなんだろう。

聖は小さくため息をつき、「ごめん」と言った。

「大丈夫だから、そういう顔するな。俺が一番大事なのは、響太だから」

「……聖」

「ずっと一緒だろ。な？」

「――うん」

ずっと一緒だ、と去年書いてくれたメモは、ピルケースに入れて、大事に保管してある。制服のボタンより、それはたしかなお守りだった。聖が言うなら大丈夫なんだろう、と思う。なのに、胸がきしりと音をたてて、すうすうした。

蓋をしなきゃ、と考えながら、響太は聖に寄り添った。

「寒い」

「響太、謝恩会でもなんにも食べられなかったもんな。帰ったら、飯作って食べよう」

しっかり響太を抱き寄せて、いつもと同じ落ち着いた声で聖は言ってくれる。うん、と返事をして、響太は自分の胸元を探った。第二ボタン。思いが叶うらしい迷信のお守りを、思いきり引っぱってちぎり取る。

「お腹すいたからチャーハンがいい。ソーセージのやつ」

「あれならすぐできるし、そうするか」

なにげないふりで会話しながら、頑張って外したボタンを、響太はそっと道路に捨てた。

聖も知らないような嘘くさい迷信でも、恋なんか、万が一にでも叶ったら困る。恋がしたそうだった聖に、ボタンちょうだい、と言われても、今捨ててしまえば、渡さなくてすむ。

かつん、ころん、と音をたててどこかに転がっていく音を聞いて、ほっと顔を上げると、聖と目があって、響太はどきりとした。

「な、なに？」

「いや、響太の、そういうところが可愛いと思う俺に、たまに自分でもびっくりする」

「え？」

「なんでもないよ。急ごう、寒いし」

促す聖はどこか楽しそうだった。よくわからないけれど、今日の聖はずいぶん機嫌がいいらしい。もてたのが嬉しかったのだろうかと思うとまた顔をしかめたくなったが、響太はぱたん、と蓋を閉じてしまうことにした。

ずっと一緒だって、聖は言ったし。俺だって、聖といたいし。

嫌なことは、嫌な気持ちごと、閉じ込めてしまうのが一番だ。

◇　現在　◇

お守りメモの入ったピルケースは駅のゴミ箱に捨てた。

ずっと一緒だ、と書かれたメモは聖のくれた魔法だったけれど、魔法はいつか解けるものだ。

たぶん、雪の話を聞いたときから、魔法が解けかかっていることに、無意識に気がついていた。だからあんなにも胸が軋んだのだ。

帰り着くと、聖のいないマンションは静かだった。荒い自分の息だけが響いて、室内を見回した響太は夢中でパソコンに手を伸ばす。

（これも、捨てちゃわなきゃ）

響太は何枚も貼ってある聖のメモをむしり取って、口に押し込んだ。丸まった紙は固まってごわつき、むせそうになって、無理やり嚙みしめる。

ぎしぎしと歯が紙とこすれるのにあわせて、胸が、心臓が、身体の中の箱が軋んだ。箱は蓋どころか本体ごと壊れてしまい、腹の底に冷たい黒い水が溜まっていた。冷たくて、重たくて、苦しい。

脳裏には、喫茶店で聖と向かいあって座っていた女の人と、聖の背中が焼きついていた。快活そうな可愛い女性。遠い遠い聖。響太に気づかず、振り返らない、ほかの人といる聖。

「……なんで、忘れて、たんだろう」

紙の塊を飲み込んでも、痛みも冷たさもやわらがなかった。聖のメモなのに、と響太は泣きたくなる。全然足りないみたいに、冷たく身体が燃えている。わがままな欲求で、よじれて軋んで、固まってしまいそう。

「ひ、じり……聖……っ」

今すぐ聖の顔が見たい。でも見たくない。顔をあわせたらなにかひどいわがままを言ってしまうだろう。

いつか恋がしたい、と聖は言っていたのに、そのとき嫌な気持ちになったから、響太は箱に蓋をして、聖の言葉ごと、嫌な気持ちをなかったことにしてしまったのだ。

忘れていいよと言ってくれた聖は、どんな気持ちだったんだろう。一人では食事もできない迷惑な幼馴染みのために、何回、恋を諦めたんだろう。

今日見た赤いセーターのあの女の人みたいに、可愛くて元気のよさそうな、素敵な人が、聖の周りにはきっとたくさんいたはずだ。その気になれば、聖はいつだって恋ができたのに。

(——俺、すごく、ずるい)

ひじり、と喘《あえ》ぐように響太は呼んだ。ごめん聖。俺こんなでごめんね。誰にもあげたくなくて、ずっと独占して、縛りつけていてごめんなさい。

そう謝りたいのと同時に、訴えたかった。行かないで一人にしないで。そばにいてぎゅってして。

「……聖ぃっ……」

ほとんど泣きながら、響太は床に膝をつき、ジーンズのファスナーを下ろした。熱を持って腫《は》れたそこが厭《いと》わしい。聖の背中を思い出すだけでこんなふうになるなんて、少し前まで知らなかった。聖が自分のそばからいなくなると思うだけで勃起するなんて変態だ。

　でも、これで終わりにするのだ。

醜《みにく》い独占欲もずるい縛り方も終わりにして、聖とは、特別じゃない普通の友達になる。

(だって好きになんかなれない)

好きじゃない。恋してるわけじゃない。聖に恋して、これ以上聖に迷惑をかけるわけにはいかない。

響太のために食事を作り、響太のためにパティシエになり、十年間、一度も離れず守ってくれた聖は響太のヒーローで、魔法使いだった。

「ん、く……ッ」

性器をこすり立てても、気持ちよくはなかった。ただ疼いて、もどかしい。早く楽になりたくて両手で刺激して、前のめりになる。

すすり泣く声と乱れた呼吸がうるさかった。指に絡む先走りのぬめりも、おでこをつけた床の冷たさも気持ち悪い。聖の手は、あんなに大きくてあたたかくて、気持ちよかったのに。

「――っ、う、あっ……」

股間を包むてのひらを思い出した途端、射精していた。零してしまわないよう手で受けとめて、響太は額を床に押しつけて尻を上げた格好のまま、息をついた。

わんわんと耳鳴りがうるさくて、却って部屋が静かなのがわかる。聖はいない。

聖がいない。

聖は、いなくなる。彼がかけてくれた魔法が、消えてなくなる。

「……、は、……っ」

名前を呼んで駆け出したい衝動を押し殺して、響太はのろのろ起き上がった。手を洗い、服を直して、パソコンのスイッチを入れる。仕事をしなくちゃ、と思った。

一回失敗してしまったけれど、今度こそ独り立ちしなければ。

そのためにはお金がいる。仕事増やさなくちゃと思いながらメールでスケジュールを確認し、ほとんど無意識にラフ用の鉛筆を握った。

だが、真っ白なノートを見た途端、手が動かなくなった。

（なに、描けばいいんだっけ？）

メールともらった指示書を再度確認し、そうだ森の中で小物をいろいろ散りばめるんだった、と思い出しても、いざ描こうとするとなにも浮かんでこない。

全然描けない、と呆然としたとき、玄関の開く音がした。ざわっと背中が粟立つ。

「ただいま。どうしたんだよ、電気もつけないで。暖房も消えてるし」

ぱちん、と音をたてて部屋が明るくなり、響太はぎこちなく振り返った。

「おかえり、聖」

「――大丈夫か？」

眉をひそめた聖が大股で近づいてくる。てのひらで額を覆われ、響太はびくりとすくんで目を閉じたが、聖はそれにはコメントしなかった。

「少し熱いかな。風邪引くなよ？　飯はシチューにするから。サーモンの、好きだろ」

「……うん」

とぷん、と身体の中で冷たい水が揺れた。喫茶店で聖の背中を見たときの燃え立つような焦燥《しょうそう》がなりをひそめたかわりに、ひたひたと寂しさが迫ってくる。

なにか話さなくちゃ、と響太は思った。聖に変に思われないようにしなければ。

「おばさん、大丈夫だった？」

「ああ。体調よさそうだった。今回の治療でだいぶ効果が出て、次の入院はしばらく先でいいってさ。

家まで送って、親父にバトンタッチしてきたよ」

「そっか。よかったね」

おばさんの体調がいい方向に向かっているのは、喜ばしいニュースだった。キッチンに立った聖は、忙しそうに支度をはじめる。

「響太は風呂入ってこいよ。ちゃんと湯船にお湯張って、あったまってこい」

「——うん。そうする」

そんな気分ではなかったが、聖と同じ空間にいるとそばに行きたくなりそうで、響太は素直にバスルームに向かった。できるだけゆっくり風呂に入り、洗濯《せんたく》ずみでふかふかのバスタオルにまたせつなくなる。

聖と生活した六年間、当たり前に幸福を享受《きょうじゅ》していたのだと、改めて思い知る。

パジャマも早く自分用の買わなくちゃ、と思いながら聖のスウェットを着て部屋に戻ると、食事はすっかりできあがっていた。まろやかなシチューの香りに、ぐるる、とお腹が鳴って、聞いた聖がふっと楽しそうに微笑んだ。

「サラダは温野菜《おんやさい》にした。塩とレモンだけでいいか？」

「うん。塩で食べるの好き。……いただきます」

手をあわせて口に運ぶと、慣れ親しんだ聖の料理に、身体の芯がオレンジ色にあたたかくなる。いつもならそこでとろけて、「まあいいや」となるのだけれど、さすがにもう、そんなふうには思えなかった。

「出ようかどうしようか迷ってたコンクールがあるんだが、それに出ることにした」

シチューを口に運びながら、聖が切り出した。ごくんとサーモンを飲み込んで、響太は訊き返す。

「コンクール?」

「若手が出る、フランスのちょっと珍しい、小さいコンクールなんだ。チームじゃなくて個人で競う。うちの店はオーナーパティシエがフランスで修行してたから、二年に一回くらいは、従業員が数人出てる。賞にはそんなに興味なくて、いずれ独り立ちするときに役に立つなら出てもいいかな、ぐらいに考えてたし、今年じゃなくてもいいと思ってたんだが、出ることにした」

そこで聖はちらっと響太を見た。

「? なに?」

「うちの親、俺がパティシエになるのには反対だっただろ。だから、早いタイミングで賞を取るとか、わかりやすいことがあったほうが、多少は喜んでもらえるかと思って」

「……そっか」

たぶんおばさんの病気のことがあるからだ、と響太は納得した。コンクールに出て賞を取ることが、聖が考えた親孝行なのだろう。これで千絵さんともうまくいけば、伊旗家は最高に幸せになれる。

「そうだね。おばさんもおじさんも、聖が受賞したらすごく喜ぶよ」

「まあ、出るって決めただけで、受賞できるかわからないけど」

「聖のケーキおいしいから、きっと賞がもらえるよ」

「響太が言うと簡単に勝てそうな気がするな」

聖はおかしそうに小さく笑って、それから真面目な顔になった。

「でも、出るとなったら、練習と試作しなきゃいけないから――仕事終わってから作業してくる分、帰りが遅くなる」

「そっか。いいよ。平気」

むしろ助かる、と響太は思った。聖がいないあいだに、ここを出る準備がばれずにできる。

聖はあっけなく頷いた響太を見ながら、言い聞かせるように言った。

「おまえがまた食べられなくなってるタイミングだから迷ったけど――一般にはあまり知名度がなくても、業界の中では有利に働く賞なんだ。いいところまでいけばチャンスも広がるし」

「じゃあ、出たほうがいいじゃん。ご両親のためでもあるんだしさ」

「もちろん、晩飯は作っていくし、朝と昼はすぐ食べられるものを用意しておくから、ちゃんと食べてくれよ？」

「いいよ、そこまでしてくれなくて」

響太はまばたきしないよう意識して、できるだけ明るく見えるように笑ってみせた。

「症状、落ち着いてきてるもん。聖のお守りも持ってるし、平気。人間なんとかなるようにできてるんだから」

「――食べられなかったら、必ず言えよ」

響太の笑顔に、聖は笑みを返さなかった。真剣な表情のままじっと響太を見つめる眼差しは、痛いくらいまっすぐだ。

「おまえはすぐ、覚えていたくないことは忘れるけど、これだけは忘れるなよ。おまえが俺に黙ったままで次にまた倒れたりしたら、許さないからな」

低い声は本気のトーンで、響太はいっそう笑みを大きくした。

「やだな。覚えてるよ。前も同じようなこと言われたよね。ロッククッキーは作ってやらないって。

――箱、もう壊れたから、忘れないよ」

なんでもないことのようにかるく言ってみせたのに、聖は不審《ふしん》げに顔をしかめた。

「壊れた？」

「だってもう平気だからさ。ほんと、人間てなんとかなるようにできてるよね」

大きな口を開けて温野菜を頬張ると、聖はさらに不機嫌そうに眉根を寄せた。

「全然平気そうに見えないぞ。おまえ、最近ずっと自分が悲しい顔してるのわかってるか？」

「してないよ、そんな顔」

「箱にしまって嫌な気持ちをなかったことにするのは、おまえがそうしなきゃ生きてこれなかったからだろ。――直せよ。ロッククッキー焼いてやるから」

「やだなあ聖」

怒った声を出す聖に、心臓の真ん中がきりきりした。響太はどうでもいいふうを装って、シチューの皿に視線を落とす。

「どうせ箱なんて気分の問題だもん。直したりとか無理だし、もう必要ないよ。だから聖は、……聖は、恋していいよ。今までありがとう」

シチューの残りをかき込んで、響太は明るく「ごちそうさま」と言い席を立った。

「待て」

皿を片付けるために伸ばした響太の手を、聖はぎゅっと握りしめた。どきりとするまもなくそのまま引き寄せられて、すっぽり腕に包み込まれ、全身がちりちりする。

「恋、してもいいのか？」

すぐ潰れてしまうやわらかいもののように、大切に腕で抱きしめられながら聞く聖の声は、キャラメルみたいに甘く聞こえた。絡みついて、あとを引いて、もっとほしくなる甘さだ。

「――うん」

（もっと、ぎゅってして。どこにも行けないように、ずっとこのまま）

心臓が暴れるように高鳴って、息が苦しい。聖がいなきゃ駄目だと、悪い響太が胸の内側から叩いている。

「聖は、恋したほうがいいよ。おばさんだって雪さんだって、聖がちゃんと恋人を紹介して、結婚してほしいって思ってるんだもん」

置いていかないで、と言いたい心を抑えつけて、響太はそっと聖の腕に触れた。いつも聖がしてくれていたように、優しくぽんぽんと叩くと、抱擁《ほうよう》はゆっくりほどけた。

聖は微妙な、寂しそうな顔をしていた。聖も寂しいのかなと思うと少し嬉しくて、愛しくて、自然と笑うことができた。

「俺あっちでラフまとめてくるね。一人で考えたいから」

「——わかった。でも今日は早く寝ろよ。やっぱりおまえ、少し熱っぽい」

「うん、ありがと。そうする」

ラフ用のノートを抱えて寝室に入ってドアを閉め、響太はほっと力を抜いた。

ばれなかったはずだ。嘘をつくときまばたきする、と言われたから、極力聖を見ないで、まばたきしないように気をつけたつもりだ。なにも言われなかったから、聖はきっと気がつかなかっただろう。

聖のお守りを捨ててしまったことも、響太が聖に恋しかけていたことも、気づかれずにすんだ。

(……仕事しなくちゃ)

ベッドに上がってノートを広げて、響太はぐっと唇を噛んだ。抱きしめられたばかりの身体が火照っている。甘くて低い声に、しっかりした胸板と、体温。

ぶるっと震えが走るのを、響太はつとめて無視した。

この気持ちこそ、箱にしまって閉じ込めて、なかったことにしないといけない。もう壊れた、役立たずな箱だけれど、溢れた汚い水の底に、二度と浮かんでこないよう沈めてしまいたかった。

まったく思いどおりに描けないラフをなんとかひねり出して提出し、ひとつの案にＯＫが出るまではどうにかなった。

問題は、そこから先だった。久しぶりの、楽しみにしていたアナログ作業なのに、道具を手にしても、紙を前にしても心が躍らないばかりか、何色から塗ればいいのかわからなくなって、響太は途方にくれた。

今まで、どうやって絵を描いていたのか思い出せない。構図に迷うとか、色がしっくりこないとか、うまくデッサンが取れないとか、そういうことならいくらでもあったけれど、線の引き方や色の塗り方を、身体も頭も忘れてしまったみたいだった。

ＯＫをもらったラフを睨みながら、どうにか線画で主要な部分を描き終える頃には、それが絵としてちゃんとしているかどうかもよくわからなくなった。

（どうしよう……仕事なのに、こんな、出来もわからない状態とか、どうしよう）

アナログじゃなくてデジタルならできるだろうかと、いつもの雑誌のイラスト仕事に戻ってみても、状況は変わらなかった。

塗れないし、描けない。気持ちばかりが焦った。早く引っ越しするために仕事を増やしたいから、今手元にあるものは速《すみ》やかに仕上げてしまいたいのに、思いどおりにいかないのがもどかしかった。

焦りで歯嚙みしたい気分のまま、雑誌のカットには無理やり色を塗ったが、好きだったはずの仕事が楽しいどころか苦痛でしかないことは、予想以上に応えた。

それでも休む気にはならなかったのは、どんなに苦痛でも、仕事だけはちゃんとしたかったからだった。聖がいなくても、仕事でなら響太を必要としてくれる人たちがいる。投げ出さずに頑張れば、聖を失う痛みもかるくなるはずだと、ひたすら紙を睨んでいると、チャイムが鳴った。

出るのは億劫《おっくう》だったが、ここは自分の部屋というより聖の家だ。聖あての荷物かなにかだったら困るので、響太は凝《こ》り固まった手足をぎこちなく動かして玄関に出た。

「はい――」

「こんにちは。お邪魔していいですか？」

ドアを開けた先に立っていたのは担当の篠山で、えんじ色のコート姿の彼女に、響太はぽかんと口を開けた。

「え、あれ？　なにか約束してましたっけ？　それとも俺、締切間違えたりとかしました？」

「お約束はしてませんし、締切もまだ大丈夫です。でも、できればお会いしたいと思って。上がらせていただいてもよろしいですか？」

「もちろん、大丈夫です。どうぞ」

仕事モードの篠山を、響太は慌てて部屋に上げた。

「えっとあの、コーヒーとか淹れましょうか」

「いえ、結構です。これ、シュークリームを持ってきたので、よかったらあとで伊旗さんと召し上がってください」

「わ、ありがとうございます」

差し出された箱を受け取って冷蔵庫にしまい、戻ってくると、テーブルについた篠山が、きゅっと唇の端を持ち上げて微笑んだ。

「利府さんも座ってください。すごく可愛い部屋ですね。カーテンも素敵」

篠山の視線を追って、響太も窓に目をやった。ほかのインテリアと同じく北欧風のそれはグリーンの葉模様で、明るく優しい色合いだ。

「聖がこういうの好きで、選んだんです。まめだから掃除もちゃんとしてるし」

「たしかに、すごく整頓されてますね。聖さんてこういうのがお好きなんですねぇ」

にこにこして言った篠山は、そこで表情を改めて、バッグから紙を取り出した。

「こちらを見ていただきたいんですけど」

テーブルの上、響太のほうに向けて広げられたのは、昨日送信したばかりの雑誌のカットの出力だった。どっと冷や汗が浮いてきて、響太は膝の上で拳を握りしめた。

「すみません。色、やっぱりどこか変でしたか」

「そうですね、いつもより少し沈んだ色調ですよね。この絵とか、こっちとか」

「……すぐ直します」

「直したいと思いますか？　六月号で、雨の中の景色ですから、色は絶対駄目だとは思いません。利府さんが選んでこの色にされたなら、相談してこのままいってもいいかなと私は思ったんですけど。今、この出力を見て、ほかになにかありませんか？」

篠山は冷静な口調だった。それでも落胆《らくたん》しているのが伝わってきて、響太は急いで六枚にわたる絵を並べた。改めて見ると、指摘されたとおり色がくすんでいる。味のあるくすみではなく、濁《にご》っていて美しくない。

「色は、やっぱり直したほうがいいですね」

言うと、篠山はかすかにため息をついた。

「私は、大事なのは色じゃないと思います。——ラフが、いつもと違って描き込みが少なかったから、ちょっと変だなとは思ったんですが。ここ とか、こっちとか、それからここも」

篠山は紙面を指差した。傘《かさ》を差したうさぎ、ずっと続く草地の一部、最後の虹のイラスト。

「いつもの利府さんらしくなくて、ただ色を塗ってあるだけになってますよね。虹の濃淡も簡素だし、散歩道の途中にはほかの動物や花や草の実が描かれる予定だったのに、それもないです。それに、この傘は、影、つけ忘れてますよね」

言われるうちに、耳がかあっと熱くなった。すみません、と言うこともできないくらい、恥ずかしかった。

「直します。色も小物も、全部、ちゃんと」

「お願いします。入稿にはまだ余裕がありますから、デザインはいただいたデータをアタリにして進めておきますね。——でも、大丈夫ですか？」

ふっと篠山が声をやわらげた。

「わたし、べつに駄目出しするためだけに来たわけじゃないんですよ。利府さんのことが心配だったから、来たんです」

「……ごめんなさい。仕事なのに、心配かけて」

響太は身体を縮めるようにして頭を下げた。篠山は広げたイラストの出力紙を集めて揃えながら、「利府さん」と優しい声で呼んだ。

「よかったら、進めてくださってるっていう、羽田先生の単行本のアナログイラストも、見せてもらえますか？」

「————はい」

うまくできているとはとても思えない製作途中のものを、今の状況で見せるのは気が進まなかった。

だが、篠山が出来を心配するのも当然で、彼女はチェックする権利も義務もある。

先ほどまで睨んでいた原稿を、篠山の前に置くと、篠山は「拝見しますね」と持ち上げて、じっと見入った。

「こちらの緑は綺麗だと思います。まだ塗りの途中だと思いますけど、奥行きがあっていいですね。

あとはやっぱり、モチーフかな。時計と噴水だけじゃなくて、この階段の周りに花を増やして、蝶《ちょう》とか、蜂《はち》とか入れたりするのはどうでしょう」

片手を顎にあてて真剣に見てくれている篠山に、響太は身を乗り出した。

「この時計、変じゃないですか？」

「線画はちゃんと描けてると思いますけど。……やっぱり、スランプですか？」

眼鏡ごしに篠山がじっと見返してくる。響太は座り直して、小さく頷いた。

「どんなふうに描いてたのか、わからなくなっちゃって。うまく描けてるかわからないし、構図も、配置も、悩むっていうより、出てこないんです。色も、何色を塗ったらいいのかわからなくて」

「大丈夫ですよ。利府さんが思っているより、きちんと描けてます」

篠山は頼もしい笑みを浮かべて頷いてくれた。

「ずっと描き続けてきてるんですから、そんなに簡単に描けなくなったりしないんですよ。積んできた経験は絶対無駄になりませんから、ちょっと描けないと思っても悲観しなくて大丈夫です。出来がわからなければ、今日みたいに相談してくださいね。わたしは描けないけど、判断はできますから」

「……ありがとうございます」

迷いのないはきはきした篠山の口調が心強かった。ほっと息をついた響太に、篠山が苦笑するような顔になる。

「伊旗さんの過保護だと思い込まないで、来て正解でした」

「聖の？」

どきっとしてまばたくと、篠山はええ、と頷いた。

「今まで伊旗さんとはここのお宅でちらっと挨拶させていただいた程度で、ほとんどが利府さんの話で知ってるだけでしたから、伊旗さんて、すごくどっしりしたお父さんみたいな人だと思ってたんですが、ちょっと違ってました」

「聖と、会ったんですか？」

「はい。数日前、もう先週になりますね。メールが届いて、利府響太のことでお話があるので、少しだけ時間をくださいって言われて、せっかくだからと思って、食事をご一緒したんです」

にっこりされて、いつのまに、と響太は思う。でも、先週聖が女性といるのを見かけてから、響太の時間感覚は、自覚できるくらいおかしくなっている。絵がまったく描けなくて、逃避するようにそのことばかり考えていたから、聖がどうしているかを敢《あ》えて考えないようにしていた。

「そのときにね、利府さんの様子がおかしくて、仕事もあまり手についていないようだから、できれば気をつけてやってくださいって言われて、思った以上に過保護だなあこの人、と思ったんですよ。だから、まずは伊旗さんが気をつけてください、って言ったら、今の自分では無理だとか言い出して。落ち込んでましたよ伊旗さん」

「聖が？　なんでだろう。コンクールの練習が、うまくいってないのかな」

響太が首をひねると、篠山は面食らったような表情になって、それから長いため息をついた。

「なんでそうなるんですか。また喧嘩したんでしょ。喧嘩じゃないなら、一方的に利府さんが伊旗さんをいじめたんじゃありません？　それとも、自覚なしですか？」

「い、いじめたりしてないです」

心外な言われように首を振って否定すると、篠山は咎めるようにきゅっと目を細めた。

「やっぱり自覚ないんですね。わたしは伊旗さんも、もっと押してもいいと思うんですけど——伊旗さんは、本当に利府さんを大事にしてるんですね」

「——それは、聖は優しいから」

「優しいっていうレベルじゃないと思います。わたし、てっきりお二人がカップルだと思ってたから、クリエイターの恋人を支えるのも同居している面倒見のいい彼氏は進んでやってくれると思ってました、って言ったら、正確にはつきあっていません、って言われちゃって、びっくりしましたもん」

不満そうに唇を窄《すぼ》める篠山に、響太は顔をしかめた。

「だから、前も説明しましたよね？　俺と聖はそんなんじゃないって」

「説明されても、そうとしか思えなかったんです。でも伊旗さんからも否定されて、びっくりして、伊旗さんのイメージが、わたしの中で変わったわけですよ。面倒見がいいっていうより、気長っていうか、我慢強いっていうか——ちょっと馬鹿ですよね」

「聖は馬鹿じゃないです」

「馬鹿ですよ。馬鹿がつくほど我慢強いってやつですね」

ひどいことをずけずけ言いながら、篠山はなんだか楽しそうだった。

「感動しちゃいましたもん。人間て不可能はないなと思って、勇気が出ました。おかげで柄《がら》にもなく聖さんを励ましてしまったくらいです。ここまで我慢したのにこのタイミングで諦めるほうがもったいないぞって。今日あたりは復活するんじゃないかなあ。ふふふ」

響太にはよくわからないことを嬉しげに言ったあと、篠山は優しい目をした。

「でもまあ、感動するくらいだったので、利府さんの状況については話半分に聞いておこうと思ってたんですが、いただいたデータを見たらわたしも心配になっちゃったので、今日は来てみたわけです」

篠山は丁寧な手つきで響太に原稿を返してくれた。

「描かれてる部分の線画は、利府さんらしい繊細さですごくいいです。背景の緑も、色を選んで綺麗に塗っていただいてるから、大丈夫ですよ。こちらは急がないので、ちゃんと休憩を入れて、食事して、眠ってください。せっかく聖さんが作り置きしてくれてるんですから、無駄にしないで食べてくださいね。一日一回は気分転換も兼ねて散歩もいいと思いますよ」

「……そう、ですよね」

まるで専門学校の生徒がもらうアドバイスみたいだ、と響太は首を縮めた。

「手元にある仕事は早く終わらせて、新しい仕事をもらえないか、営業してみようと思ってて……でも、こんな状態じゃ無理ですもんね」

「そうですね。仕事をつめる前に、まずは立て直していただかないと。利府さんの絵、ちゃんとファンがいるんですから」

「はい」

恥ずかしく思いながら頷くと、篠山は励ますように明るい表情を見せた。

「雑誌のイラストの修正は、今週中にいただければ大丈夫です。今日は火曜日だから、あと三日ですね。最悪、週明けに零れても色校《いろこう》で差し替えます。無理はしないでくださいね」

「はい、大丈夫です」

「それから、これはおせっかいですけど。利府さんは今、ちょっと視野が狭くなってるのかなって、思いました」

椅子から立ち上がった篠山は、まっすぐ響太を見て言った。

「落ち着いて周りを見てみたら、きっと、いいことありますよ」

「――ありがとうございます」

周りを見たら聖がデートしているかもしれないところを見たんです、とは、もちろん言えなかった。仕事の域をこえて励ましてくれるほどしょぼくれて見えるのかと思うと情けなくて、しゃんとしなきゃ、と響太も背筋を伸ばした。それじゃあよろしくお願いしますと席を立った篠山を玄関まで見送って、パソコンの電源を入れる。

今週中に、と言われたけれど、のんびりしてはいられない。小物を描き足して色のくすみを調整する、という具体的な指示をもらったせいか、篠山が来る前よりは、楽に作業画面を見られる気がした。

それからしばらく没頭し、肩も首もいつのまにか凝り固まっていることに気づいて、痛む腕を回すと、すっと横に影が差して、響太は顔を上げた。

「お疲れ様。少し休憩しないか」

「――聖」

顔をちゃんと見るのがなんだか久しぶりで、響太はゆっくりまばたきした。聖は先週のぎこちなさが嘘のように、落ち着いて淡々として見えた。

「昼も朝も食べてないだろう？　試作品のケーキ持って帰ってきたから、それだけでも食べてみないか？　篠山さんのシュークリームでもいいけど」

つきっ、と胃のあたりが痛んで、響太は首を横に振ってから、頷いた。

「試作品て、コンクールのだよね？　そっち、食べる」

「わかった。今お茶を淹れるから」

ぽん、と一度だけてのひらが頭に置かれて、離れていく。響太はパソコンを横によけ、キッチンでお茶を淹れる聖を見つめた。やかんでお湯をわかす平和な音が、もの悲しく思える。

「篠山さんに……いろいろお願いしてくれて、ありがとう。心配かけてばっかりで、ごめんね」

「――いや。おまえの仕事のことは、俺が手伝ってやれるわけじゃないから」

ポットとマグカップ、小さな箱とケーキの皿をトレイに載せて聖が戻ってくる。

「悪かったな。おまえの仕事相手と、勝手に連絡取って」

「いいよ。それだけ……俺が、ちゃんとしてないんだし」

目の前に置かれたマグカップは、響太の一番好きなレモンイエローのものだった。横のお皿は真っ白で、その上に綺麗な緑色のケーキが光っている。スリムな長方形で、一番上のゼリーかジャムのようにつやつやした、透明感のある層が印象的だ。

「すごい……綺麗」

「ベースのケーキはこんな感じで、上には飾りを載せるつもりなんだ」

説明しながら、聖は箱から慎重な手つきで飴細工《あめざいく》を取り出した。繊細すぎるほど細い線が、立体的な木の葉をかたち作っている。ケーキを華やかに彩《いろど》る琥珀色《こはくいろ》に、思わずため息が出た。

「これも、聖が作ったの?」

「ああ。コンクールって、基本的には見た目重視なんだよ。まだまだ地味だし、下のケーキももうちょっと改良しないといけないけど……ほら、食べろ」

差し出されたフォークを、響太は受け取った。壊すのがもったいない飴細工はいったん横によけて、ケーキを切り分ける。

緑色の表層の下はほんのりクリーム色がかった白いムースで、その下は茶色と濃い緑色のスポンジが縦縞《たてじま》になっていた。食べてみると、緑色の部分は酸《す》っぱくて、ムースは甘く、縞々の土台は甘みと苦みが同居していた。まとめて口に入れると不思議な調和になって、後味はさっぱりしている。

「……おいしい。これ、なんのムース?」

「ホワイトチョコレート」

「へえ。全然しつこくないんだね。上の緑のとこ、酸っぱいけど、まとめて食べるとすごくおいしい」

「上のところはライムのゼリーなんだ」

「色——緑色が、聖みたいで綺麗」

二口目を口に入れると、甘酸っぱさに胸がきゅっと痛んだ。せつない、でも甘い、優しい味だ。聖の作った本格的なケーキを食べるのはずいぶん久しぶりだけれど、以前よりずっと洗練され、そのくせたしかに、聖の作ったものだ、という味がした。

聖はやっぱりすごい、かっこいい——という賞賛の気持ちが、せつなさとマーブル模様を描いて広がっていく。

コンクールに出ると決めたばかりなのに、もうこんなに綺麗なケーキを作れてしまう聖に比べて、好きでやっているはずの仕事ひとつ、満足にできていない自分が悔しくて情けない。

「こんなの、すぐ思いついて作れちゃうんだね、聖は」

全然かなわない、と思いながら呟くと、紅茶を飲んだ聖が、手を伸ばしてきた。

「ついてる。——すぐ思いついたわけじゃない」

口元を親指でぬぐわれて、ぱっと熱いものがお腹の中で弾けた。

「いつか、機会があったらこういうケーキを作ってみたいなと思ってたんだ。飴細工はコンクール用の後付けだが、ベースのケーキは、緑色がメインのを、ずっと考えてた」

甘酸っぱくよじれて弾ける落ち着かない気持ちを、なんと呼べばいいか響太はもうわからなかった。わかるのは、聖が響太よりもずっと先に進んでいる、ということだけだ。

(ぬくぬくして、成長しないで、閉じ込もってたのは俺だけなんだ)

響太がなにも考えずに甘えているあいだに、聖は響太の知らない女の人と会っていたり、繊細で美しいケーキを考えていたりしたのだ。

もう一口ケーキを食べて、大人っぽい味だなと思った。甘いのに酸っぱくて、苦味もあって。

(俺、聖の足を引っぱってたんだね)

響太がいなかったら、聖はもっとかるがると、遠いところにも飛んでいけたのではないだろうか。

(なのに俺は、篠山さんに、学生みたいなアドバイスをもらわないといけなくて、いまだに一人で食事もできないんだ)

「……聖、緑色似合うもんね」

せめてこれ以上心配だけはかけまいと呟くと、聖は「昔も言われたことあるな、それ」と静かに言った。

「おまえの絵も、緑色が多いよな。——好きだよ」

慰めるように甘い聖の声が、耳に痛かった。その好きと言ってもらえる絵さえ、満足に描けなくなっているなんて、不甲斐《ふがい》なさすぎる。

(だいたい、俺が緑色を使うのは、それが聖の色だからだもん)

印刷ではあまり好まれない色だと知っているけれど、好きだからつい緑色を使ってしまうのだ。透きとおるように淡い水色に近い緑も、甘いパステルグリーンも、黄色がかった木の芽のような緑も、ビビッドなグリーンも、深い森のような落ち着いた緑も、塗っていると楽しかった。

聖の色を塗っているみたいで、楽しかったのだ。

（絵だけは、一人でもできるって、思ってたのに、俺には、聖と関係あることしかない）

「昔さ」

ケーキを口に運びながら、響太は小さく微笑んだ。震えそうに悲しいのに、自然と笑みが浮かぶのが不思議だった。

「聖が、褒めてくれたよね。今みたいに。図工の時間に、響太すごいな、木って、そんなふうに描くんだ、って」

聖が褒めてくれる前、絵を描くのが好きだったわけじゃない。いつも絵を描いていたけれど、それは一番時間が潰せて、新しいおもちゃがなにもなくても遊べたからだ。

「聖だって上手だったのに、響太の絵好きだよって言われて、すごく嬉しかったな」

勉強も運動もできて、響太に優しくしてくれて、頼りになる聖が褒めてくれる「響太にもできること」が嬉しくて誇らしくて、どんどん絵を描くのが好きになったのだ。

昔のおままごとみたいな約束どおり、二人とも希望の仕事についたのに、いつのまにか、こんなにも差がひらいている。

「懐かしいな」

聖が言葉どおり懐かしそうな顔をして、そうだね、と響太も笑った。笑いながら、きしきし痛む胸を持て余す。

自分は聖でいっぱいだ。聖の触れたものを食べて、聖のそばで眠り、聖に触れられて、聖の色を塗って――聖で、できてる。

「……俺」

鼓膜《こまく》の奥の耳鳴りに押されるように、響太は立ち上がった。

「散歩、してくる」

「散歩？　十一時過ぎてるぞ」

「気分転換、してくる。外で……仕事のこと、考えてくる。ケーキごちそうさま」

半ば無意識に言いながら、携帯だけ持って響太は玄関に向かった。目に聖のケーキの緑色が焼きついていて、世界が緑色のセロファンをかけたみたいに見えた。

(雪さんの、言うとおりだ)

なんて狭い世界にいたんだろう、と響太は思う。響太の世界は小さくて狭くて、中には聖しかいない。だから描けないのだ。聖をなくしたら、描くものも、塗りたい色も存在していないから。

マンションの階段を下りながら、響太は強張った指で成原の番号を呼び出した。迷惑だとか、考える余裕はなかった。

『響太さん？　どうかしました？』

数コールで成原の声がして、響太はマンションから出て空を見上げた。真っ暗なはずの空が、ぼんやり緑に光っている。

「散歩に」

『はい？』

「散歩に、行くんです。これから、このあいだの公園まで」

『……それは、デートのお誘いですか？』

ふわっと成原の声が笑みをはらむ。わかりません、と響太は呟いた。

「でもほかに、俺の恋人になってくれそうな人、知らないから」

成原は電話の向こうでしばし黙り込んだ。それから、真剣な声が聞こえてくる。

『——響太さん。今どこですか？　迎えに行きます』

「今、三丁目から、駅に向かってて……歩けます、俺」

『三丁目なら、駅に向かう途中でコンビニがありますね。そこまでは電話を切らないで、そのまま歩いて。着いたらじっとして、待っていてくださいね。すぐに行きますから』

「……はい」

頷きながら、過保護な人なんだな、と思った。聖みたい。響太の周りには、面倒見のいい人間が多いらしい。

言われたとおり通話を切らずにしばらく歩いて、明るいコンビニの外で待っていると、さほど間を置かずに成原が走ってきた。

「響太さん、またそんな薄着で。声が泣きそうだったから、心配しました」

ふわっと自分のマフラーを巻きつけてくれた成原は、困ったように響太に微笑んだ。

「できれば私の部屋に招待したいところですが、響太さんは公園で散歩するほうがいいですよね」

「俺、寒くないです」

「……じゃあ、行きましょうか」

一度だけ、成原は響太の肩を抱いた。ほんの短い接触は、触られるのが苦手な響太に配慮してくれているのが伝わってきて、響太は俯いた。マスタードイエローの成原のマフラーは上質なもののようで、なめらかな肌触りだった。

「なにかありましたか？」

マフラーと同じくらいやわらかく、成原が訊いてくれる。少し迷って、響太は頷いた。

「絵が、描けなくなりました」

「スランプってやつですね。ケーキ作りでもありますが、あれはつらいですよね」

「もう描けないかも」

吐き出すと、ふわっと息が白く漂って、目の奥が熱くなった。歩くスピードの落ちた響太にあわせて、成原もゆっくり歩調を落とす。

「スランプは、初めてですか？」

「……初めてですけど、これ、たぶんスランプじゃないと思います。気がついただけ」

「気がついた？」

「——俺には、聖しかなかったたって」

泣くかもしれない、と思ったのに、涙は出てこなかった。ただ、息を吐くたびに白い色と一緒に、自分の残り滓《かす》が出ていくような気がした。

「ごはんだって聖のしか食べられないし、聖がいればほかの友達はいらなかったし、お母さんもお父さんもいらなくて、絵が好きなのは聖が褒めてくれたからで、緑色が好きなのは、聖に緑色が似合うからで……聖を取ったら、なんにも、なくなっちゃう」

成原に話している、というより独り言のような響太の声を、成原はしばらく黙って聞いていた。夜の住宅街のアスファルトは街灯で銀色の歪《ゆが》んだ輪ができていて、視線を上げると、公園の木が影絵のように浮いていた。

成原が、そっと背中に触れてくる。

「それで、恋人を作りたいと？」

「——はい」

こくん、と頷くと、背中を優しく押された。聖ではない人間に、服ごしとはいえ触れられているのに、寒気も嫌な感じもなく、ただ身体が自分のものではないように、感覚が遠かった。

公園の中へと誘われて、響太は成原と並んでベンチに座った。

「響太さんは、恋は嫌いだと言っていませんでしたか？」

「嫌いです。今でも」

「嫌いなのに、私に恋人になってほしいと言うんですね。恋は、迷惑をかけるから嫌いだと、思いつめた顔をしていたのに」

責めるのではなく、むしろ愛しむような目を、成原はしていた。

「やっぱり、迷惑ですか？」

「迷惑ではありませんよ。ただ、脈はないだろうと思っていたので、驚いていますし、少し戸惑ってもいますね」

「脈？」

「このあいだのデート。急に帰ってしまうし、今でも、私のことが好きなわけではないでしょう」

「……すみません」

俯いて膝の上で拳を握りしめると、成原はかすかに笑い声をたてた。

「そんなに取り乱すほど、聖さんが好きなんですね」

「違います！」

かっと頭の芯が熱くなって、響太はきっとした目で成原のほうを向いた。

「好きじゃないです。そんな迷惑なこと、考えてません。迷惑、これ以上かけたら置いていかれちゃうから」

言っているうちに、舌の奥のほうで、聖のケーキの甘酸っぱい味が蘇って、響太は唇を噛んだ。

「……もう、置いていかれてるのはわかってるんです。箱も壊れちゃったし、全部散らかって、こんなだから置いていかれてもしょうがないって思うし、どうしたらいいかわからないけど——でも、全部綺麗にして、いい子にしてたら、振り返ってくれて、友達に」

なんで息が苦しいんだろう、とぼんやり思う。話さなきゃいけないのに息が弾んで、声が途切れてみっともない。

「友達、に、なれるかもしれないから。聖は……俺の、最初の友達、だから」

「響太さん」

ぽん、と背中を叩かれて初めて、ずっと成原がそこに触れていたことに気づいた。成原は何度も、なだめるように背中をさすっている。

「落ち着いて。無理に話さなくていいですから。嫌なことがあったんですね」

「やな、こと」

「こんなに震えて」

ぐっと肩を抱き寄せられて、抗いかけたけれど、力は入らなかった。ぐったり重い自分の身体が成原にもたれかかって、聖とは感触が違うなと頭の片隅で思う。片腕で響太を抱いた成原は、ゆっくり言い聞かせるように言った。

「響太さんは紙を食べる、って言っていましたよね」

「……はい」

「そういうのは、異食症《いしょくしょう》、と言うそうですよ。ストレスや栄養不足が原因だとも言われているそうです。異食症に限らず、摂食障害《せっしょくしょうがい》はだいたいストレスが大きな要因と言われていますから――そういう状況で、響太さんが聖さんに頼りきりになるのは、いたしかたないことなのでしょう。でも、症状がよくなっても離れなかったということは、きっと聖さんのほうにも、響太さんに求めるものがあったんじゃないでしょうか」

「聖が、俺に？」

そんなふうに考えたことはなかった。成原は穏やかに頷いた。

「共依存《きょういぞん》、というやつです。乱暴な言い方でまとめると、お互いにお互いがいないと支障をきたすような関係性ですね。だとすると、それはたしかに、恋愛とは言えないかもな、と――先週響太さんとデートしてから、ずっと考えていました」

なんとか響太さんを楽にしてあげたくて、と微笑む成原に、響太はすがるように手を伸ばしていた。

ぎゅ、と成原のコートの端を握る。

「……そう、思います？　これ、好きじゃないって、恋愛じゃないって思いますか？」

成原の言葉は、最後の希望だった。これがただの独占欲だったら、響太さえ大人になればすむ。

「俺が、聖の幸せを認めてあげたら、友達に戻れるって、成原さんも思いますか？」

「響太さんは」

成原は、痛みをこらえるような顔をした。

「……響太さんは、とても不器用で、子供みたいですね」

「子供っぽいって、たまに言われます」

成原の言葉の意図がよくわからないまま頷くと、成原の手が伸びてきた。

「大丈夫ですよ。今の答えが気に入ったなら、そういうことにしましょう。世の中、聖さんしかいないわけじゃありませんから、聖さん以外に頼れる相手が見つかったら、聖さんがいなくても平気になります」

軽いタッチで響太の髪を撫でた成原は、響太の目を見つめて思わせぶりに微笑んだ。

「それで、私に白羽《しらは》の矢を立てた、ということですよね。私と恋人同士になってみようと、思ってくださったんでしょう？」

「あ……」

するりと成原の指が響太の顎を掬《すく》い上げる。

「嬉しいですよ。私はもともとは同性愛者ですから。響太さんが初めて店に買いに来てくれたときから、いいなあと思っていたんです」

心地よくやわらかい成原の囁きが近づいてきて、吐息《といき》が頬にかかり、響太はびくりとすくんだ。キスだ。聖のするおまじないじゃなく——恋をする者同士の。

咄嗟《とっさ》に逃げそうになって、響太は踏みとどまった。キスをしたら恋がはじまる。そのために、成原に電話したのだ。

観察するように成原は響太を見つめている。見つめたまま、ゆっくりと唇が唇へと降りてくる。薄い皮膚《ひふ》同士が触れかけた刹那《せつな》、響太がぎゅっと目を閉じたその瞬間に、がくん、と身体が後ろにぶれた。

バランスを崩した響太は、背後からがっしりと抱きとめられて何度もまばたきした。

「おかしなことをするなら警察を呼びます」

頭上から、押し殺した声が降ってくる。ベンチに座ったままの成原は、少しだけ皮肉っぽく唇の端を上げた。

「無理強《じ》いをした覚えはありませんよ。私はきみのように臆病《おくびょう》じゃないだけです」

「――なにも知らないくせに」

そう言った聖の声は、威嚇《いかく》するように低かった。見上げれば成原を睨みつけている眼差しが、燃え立つような苛烈《かれつ》さを帯びていた。

「ひ、じり」

追いかけてきてくれたんだ、と思ったらきりきりと目の奥が痛んだ。か細い響太の声に、聖は険しい顔のまま息を吐き、響太を抱きかかえるようにしたまま踵を返す。

「待って。俺、……成原さんに」

「駄目だ。来い」

ぴしゃりと聖は遮《さえぎ》った。引きずるように上体《じょうたい》が持っていかれ、小走りになりながら、響太は聖の手から逃れようとした。途端にぎろりと見下ろされて、ぞくん、と震えが走る。

「……っ」

動けなくなった響太を聖はそのまま連れていこうとし、思い直したように腰に手を回してくる。膝裏を掬われ、横抱きに抱え上げられて、響太は身体を強張らせて息を殺した。

心臓が胸の中でダンスしている。下ろして、と訴えて逃げ出したいのに、ずんずんと歩く聖は明らかに怒っていて、険しい顔を斜め下から見るうちに、言葉は引っ込んだ。

マンションまで響太を抱いて戻った聖は、無言のまま寝室に入った。

ベッドに降ろされて、緊張と戸惑いで響太は身体を硬くした。立ったまま見下ろしてくる聖が怖い。

「あいつ、誰だ」

「成原さんは……ケーキ屋さんの、人で」

「そんなことわかってる。そうじゃなくて、なんで二人で、あんなところに行ったんだ。電話してただろ、あいつに」

「み、見てたの？」

「こんな時間に一人で散歩になんか出せるわけないだろ。あんなふらふらしてたのに。いつ、電話するような仲になったんだよ」

迫るように顔を近づけられて、響太はベッドの上を後じさった。

「そんなの、聖には関係ないじゃん！　いい人だよ！　このまえ、俺の話聞いてくれて、デートしてみませんかって言われて」

「――したのか」

さっと聖の目の色が暗くなった。ベッドに膝で乗り上げて、響太を追いかけてくる。仰向けに倒れた響太は、上からかぶさってくる聖を押しのけようとした。

「し、したよ。画材屋さん行って、本屋にも行って、それで……」

「それで？　仕事行き詰まったら呼び出して、マフラー巻いてもらったり、髪触られたり、キスされそうになったりしたわけか？」

「だって」

どうしてそんなに怒るの、と思うと悲しくなった。聖が先に響太を置いていったのに。聖には、千絵さんがいるのに。

「だって、恋人だもん」

射るような聖の眼差しに負けまいと、響太は聖を睨んだ。

「成原さんとは、恋人同士になったの！　だから聖が心配することないし、ほっといて」

「キス、嫌そうにしてたくせに」

「初めてだったからだよ！　ちゃんと、好きだもの、成原さんのこと」

「恋愛したくないんじゃなかったのか。あんなに嫌がってただろうが」

聖の声はどんどん低くなる。怖くて震えそうになって、響太は精いっぱい虚勢《きょせい》を張った。

「そんなの、子供のときの話じゃん。もう大人だし、聖にも言ったよね俺。好きになっていいよって。俺だって、誰かを好きになってもいいじゃん」

「そうか。――よくわかった」

凄みのある声で淡々と言って、聖はぐっと響太の手を掴んだ。ベッドの上に縫《ぬ》いつけるように押さえ込まれ、本能的な恐怖でひくりと喉が鳴った。暴れて逃げようとしても、掴まれた手はぴくりとも動かせず、聖の唇が近づいてくる。

「や……んぅ、……んっ」

むちゅ、と押しつぶすように口づけられ、反射的に閉じてしまった目裏《まなうら》で、赤い火花が弾けた。厚みのある舌がすぐさま差し込まれて、口の中を舐め回す。

「んん――ッ、ぅ、ふ、んん……っ」

くちゅりと唾液が絡む音が響いて、腰骨まで震えが走る。

びくんと跳ねた響太の身体に、聖は手を這わせてきた。響太には大きすぎる緩いカットソーの裾がめくられ、空気に晒《さら》された腹から胸に、熱いてのひらが吸いつくように触れてくる。続けてきゅっと乳首をつままれて、背中が勝手にしなった。

「ん、あっ……は、あぅ、ん……ッ」

一瞬離れた唇にまた吸いつかれ、目眩がした。力なくもがく腕も足も小刻みに震える。ひどく怖い。なのに、指先でころころと乳首をいじられると、じぃんと痺れが広がっていく。

(やだ……そこしたら、お腹まで、じんじん、する……)

波紋のように広がる痺れは悪寒《おかん》に似ていて、けれどたしかに快感だった。乳頭をひっかくように刺激され、ひくりと腰が跳ねるのが、たまらなく恥ずかしい。

「ふァっ……や、いや、聖っ……は、ああ……っ」

キスがほどけると抑えられない声が出て、いっそう身体中が熱くなる。聖はすばやく響太のジーンズを引き下げて、響太は両手で顔を覆った。

「やだあっ……ひじり、いや……」

「勃ってるくせに」

優しくない声で言った聖は、半ば勃ちかけたそこを片手で握り込んだ。言葉よりはずっと優しく、てのひらと指が敏感な皮膚をこすって、ざわっと快感が湧き上がる。

「は、あっ……ん、あ、ア」

(だめ……聖は、友達なのに……俺、聖を好きなんかじゃないのに)

こすられるのが気持ちいい。射精したくてたまらなくなって、変なふうに腰がかくかくしてしまう。いけないのに。これは、悪いことなのに。

「あ、く……ぅ、っ、あ、……は」

気持ちとは裏腹に、聖の手の中で、響太の分身はぴくぴく震えて育っていく。先走りが溢れ、ぬるぬるとすべりがよくなると、いくらも我慢できなかった。

「んーっ、う、あ……ァッ」

顔を覆ったまま、せめて声をこらえようとしたけれど、食いしばった歯のあいだから零れた声は惨《みじ》めに掠《かす》れた。白濁《はくだく》を吐き出し、余韻《よいん》で震える下肢《かし》を、聖は容赦《ようしゃ》なく摑んで上げさせた。

「や、もうやだっ……聖、なんで」

「つきあったり、結婚したらこういうことするんだぞ、あいつと」

いっそう冷ややかな声で聖は言い、浮いた尻のあわいに指が触れて、響太はぞくりとすくみ上がった。

「ひぁっ……あ、あ、そこ、あァッ」

「いじられて、突っ込まれてもいいのか」

ぐるりと孔《あな》のふちをなぞられ、むずがゆさと同時に、味わったことのない、崩れてしまいそうな感覚が襲ってくる。聖の指が撫でているところから、砂みたいにさらさら崩れて、跡形もなくなりそうな――心もとない、抗いがたい感覚。

「ふ、あ……っ、は、ァ、……あ、……あッ……」

小刻みに指が揺らされて、中に入り込みそうになる。やわらかい粘膜《ねんまく》が聖の指と密着して、ねっとり余韻を残して離れると、ぶるっと全身がわなないた。

「あ……や、こわいよっ……これ、や、……あ」

怖い、と思うと唐突《とうとつ》に涙が出た。中に聖の指が入ったりなんかしたら、身も世もなく悶《もだ》えて悦《よろこ》んでしまいそうで――後戻りできなくなってしまう。

「やだよ……っ、怖いよっ……。さわんない、で……っ」

子供みたいにしゃくり上げると、すっと指が離れた。腫れぼったく熟《う》れた孔がきゅっと締まって、心細ささえ覚え、響太は上げられていた脚ごと横倒しになった。

「――泣くほど嫌なの、あいつとできるわけないだろ」

「……っ」

「俺が何年我慢してきたと思ってるんだよ」

初めて聞く不機嫌極まりない、乱暴な聖のもの言いに、響太は顔をシーツに押しつけて嗚咽《おえつ》を殺した。我慢してきたんだ、と思うと、切られるように痛くて、悲しかった。

ごめんね許して、という言葉が喉までこみ上げて、震える手でシーツを握りしめる。

「俺だって、恋がしたいよ」

聖が恋がしたいって言ったから。可愛くないわがままで「嫌いになる」なんて昔は言えたけど、聖が誰かを愛しても、とても嫌えそうにないから。

(せめて、俺を嫌いになって)

突き放して二度と甘えられないようにしてもらわなければ、きっと離れられない。なにも食べられなくて、迷惑だけかけて、またすがってしまう。

「――もう、俺を、自由にしてよ」

言いながらあんまりな台詞だと内心自嘲《じちょう》した。

自由にしなければいけないのは響太のほうだ。聖の大事な時間を独占し、人生を変えてしまった責任が、響太にはある。

聖は応えなかった。ゼリーのように重たい沈黙が続き、やがて、聖が立ち上がった。

「わかったよ。……悪かった」

苦い声はひどく静かだった。響太はいっそう深くシーツに顔を埋め、そのまま身体を丸めた。

――一日も早く、ここを出ていかなければ。


針が振りきれたみたいに奇妙に冷静になって、響太は篠山に指摘されたイラストを修正して、送信した。

続けてアナログイラストに取りかかり、無心に描いた。完成したそれを丁寧に梱包《こんぽう》してコンビニから発送し、部屋に戻ると、もう夕方だった。携帯で日付を確認し、二日経ったんだ、とぼんやり思う。

聖に嫌われてから、二日。

あれから聖とは一度も口をきいていない。昨日帰ってきたのは知っているが、響太が仕事に没頭していたせいか、聖は「ただいま」も言わなかった。

今日は帰ってくるのだろうか、と部屋を見回して、テーブルの端の小さな箱に気づく。近づいて見ると、蓋の上にはメモが貼ってあった。

『約束してたから』

見慣れた赤いインクだ。約束なんかしたっけ、と箱を開けると、中には綺麗にラッピングされた、ココア色のロッククッキーが入っていた。

一番大好きな、懐かしいお菓子を見た途端、とぷん、と胸の底で水が揺れた。暗い淀んだ水なのに、水面にだけ銀色の眩しい光が散らばって、きらきらが痛みになって身体中に散らばっていく。

あんな言い方をしたのに、聖はクッキーを焼いてくれたのだ。手のかかる、迷惑で厄介な幼馴染みのために、喧嘩してもひどいことを言われても、「約束したから」というだけでクッキーを焼いてくれる聖は、優しすぎる。

手が震えて、響太は箱の蓋を元どおりに閉めた。反射的にメモを剝がしそうになり、寸前で思い留《とど》まり、箱ごとぎゅっと胸に抱え込む。

「――聖」

好きだな、と思った。どんなにごまかしてみても、好きだった。

優しいところ。律儀《りちぎ》なところ。もの静かなところも、怖そうな外見のくせにおしゃれなインテリアが好きだったりするところも。大きなてのひらも、おまじないのキスも、チャーハンもクッキーも、横顔も。

くたっと座り込みそうになり、響太は急いでパソコンの電源を入れた。駄目だ。一日も早くじゃ足りない。明日にでもここを出て、聖と顔をあわせないようにしないと、好きな気持ちを消してしまえない。

（いっそ、アメリカとかにしよう。仕事ならどこでだってできる）

好きでいてはいけないのだから、物理的に離れてしまったほうがいい。そう考えながらカチカチとクリックして航空券のページを検索していると、携帯電話が鳴った。篠山からだ。送信したデータにまたミスでもあったかと、響太は通話ボタンを押した。

「はい」

『利府さん、今よろしいですか？　昨日いただいたイラストの件で』

「大丈夫です。まだなにか、駄目でした？」

はきはきした篠山の声におそるおそる訊き返すと、篠山は「とんでもない」と笑った。

『逆です。すごくよくなってて、修正しなくてもいいかなっていう既存のところにも手を入れてくださったでしょう？　うさぎの表情とか』

「ああ……はい。バランスとか、ちょっと変だなと思って」

『それが、すごくよかったです。最初のところでちょっと寂しそうなのが、最後のページではなんだかとっても穏やかで。きらきら感もあって、今までとちょっと違った雰囲気ですけど、こういうのもいいなって思いました。ルーチンのお仕事なのに、こんなに丁寧に修正してくださってありがとうございました』

歯切れよい、けれど真摯《しんし》な口調に、久しぶりにほっと気持ちが緩んだ。響太はぺこんと頭を下げる。

「こちらこそ、時間もらっちゃって、ありがとうございました」

『羽田先生の単行本の表紙のほうも、今日発送してくださるってことなので、とても楽しみです。近いうちに、お疲れ様会しましょう。うちの会社の別部署の人間も、利府さんとお仕事したいって言っているので、そちらの紹介も兼ねさせていただければと』

「それは……ありがとうございます。でも」

日本を離れようかと思っていて、と言いかけて、響太は口を噤《つぐ》んだ。篠山に言ったら聖の耳に入るかもしれず、反対されたら困るな、と思う。もう聖も、響太のすることを気にしたりはしないかもしれないけれど。

『でも？』

不思議そうに問われて、響太はなんでもないです、と言い直した。

「楽しみにしてます」

『よかった。明日原画を拝見したら、またご連絡しますね。引き続き、どうぞよろしくお願いします』

弾むような挨拶を残して通話が終わり、響太はほっとしながらパソコンに向き直る。イラストの仕事もきっかけは聖だから、威張《いば》れたものじゃないと思うけれど、投げ出したくはないから、描き上がったものは喜んでもらえたほうがいい。

アメリカ行きで最速の、できるだけ安い航空券を改めて検索していると、再び着信音がした。また篠山かなと、よく見ないで響太は携帯を耳にあてた。

「はい、利府です」

『成原です』

予想外の声が流れてきて、響太は思わず電話を見た。耳にあて直すと、やわらかい声が鼓膜をくすぐる。

『先日の件を謝りたいのと、その後、聖さんとどうなったか気になって電話してしまいました。大丈夫でしたか？』

「……それは、あの、あの日は俺のほうこそ、いきなり呼び出したりして……その」

『それはいいんですよ、気にしなくて。私は嬉しかったんですから。ただ少し、そのあとの行動は紳士的ではなかったと、反省しています』

キスのことだ、とわかって響太は赤くなった。あれは俺も、ともごもご呟くと、成原は電話の向こうでおかしそうに笑った。

『お詫《わ》びに渡したいものがあるので、店まで来ていただけませんか？　ご足労《そくろう》おかけしますが、私が響太さんのところにお邪魔するよりはいいと思うので』

「ご足労なんて、そんな、平気です」

恐縮して言って、お詫びなんていりません、と響太は続けようとしたが、思い直した。今回はとりあえず下見だけになるかもしれないけれど、外国に行ったらもう成原と会うこともないだろう。その前に、ちゃんと会ってお礼が言いたかった。

「じゃあ、行きます。何時頃に行けばいいですか？」

「よろしければすぐにでも。今日はスタッフがいますから、いつでも休憩できますので」

「わかりました、じゃあ、すぐ行きます」

篠山に続けての電話で、少しだけ幸せな気分だった。ダッフルコートにマフラーをぐるぐる巻いて外に出ると、穏やかにあたたかい、いいお天気だった。

十五分のんびり歩いて成原の店に着くと、成原は店の隅のドアから、奥の従業員室に入れてくれた。

「ケーキ屋さんの裏側に入ったの、初めてです」

「着替えたり事務作業をしたりする場所なので殺風景《さっぷうけい》でしょう。飲み物でもサービスしたいですが、響太さんには却って迷惑ですよね」

ほがらかに成原は言い、響太に椅子をすすめたあと、綺麗にラッピングされた包みを差し出した。

「どうぞ。お詫びの品です。開けてみてください」

いりません、と無下に突き返すこともできず、響太は戸惑いながら包みを開ける。中には淡いグリーンとピンクの、ガーゼのストールが入っていた。

「響太さんはなんだかいつも寒そうなので、あたたかくできるものがいいなと思ったんですが、これから春ですから、重くないものを、と思って」

響太の手からストールを取り上げて、成原はくるりと首に巻いてくれる。

「うん、思ったとおりだ。よく似合いますよ」

「――お詫びなんて、よかったのに」

ガーゼの肌触りのよさと成原の気持ちがくすぐったくて、響太は首をすくめた。成原は自分も椅子を引いて、響太と向かい合わせに座る。

「一昨日の私は大人げなかったので。響太さんが混乱して悲しんでいるのを承知で、つけ込んでしまおうか、と、短いあいだですが考えましたから。聖さんとは、仲直りできました？」

「え？」

「聖さん、怒っていたでしょう。本心が聞けたのではないですか？」

成原は励ますように微笑んでいて、響太はいたたまれずに俯いた。

「本心が聞けた……というか、完全に、見放されたと思います。すごく怒ってた」

「おや。怒っていただけですか？」

「――何年、俺が我慢してきたと思ってるんだって、言われました」

そう言うと、成原はしばらく黙り込んだ。ちらっと窺《うかが》うと、考え込むように眉を寄せた成原が、いぶかしそうに訊いてくる。

「そう言われたのに、仲直りができないんですか?」

「できませんよ」

なんで成原が不思議そうにしているのか、響太にはわからなかった。

「聖が言うとおり、俺は聖に我慢させてきたんです。自分だけじゃなくて、聖が女の子とつきあったりするのが嫌で、ひどいこと言ったんです」

改めて口にすると、本当にひどいなあ、と我ながら思って、響太は笑ってみせた。

「聖が恋をしたら、嫌いになるから、って。俺が一人で食事もできないから、心配した聖はしないよって言ってくれて、そのまま、ずーっと約束を守ってくれた」

「……なるほど。いろいろと、こじれてますね」

成原はどこか悲しそうに頷くと、手を伸ばして、ストールの位置を直してくれた。

「本当は、髪の毛をくしゃくしゃっと撫でてあげたい気持ちですよ」

「——成原さん」

「聖さんの気持ちは置いておくとして、私は、響太さんはそろそろ認めてしまったほうがいいと思います」

「認める?」

「自分の気持ちが、恋だということです。聖さんが、好きでしょう?」

まっすぐに響太の目を見つめ、成原は諭すようにそう言った。ずきりと胸が痛み、違います、と否定しようとしたのに、声が出なかった。――さっき、思ったばかりだ。否定するまもなく、ただ自然に、好きだと思った、あの気持ち。

いたたまれずに顔を伏せると、そっと肩を撫でられる。

「認めてしまったほうが、きっと楽ですよ。自分の心に嘘をつくのは、苦しいですから」

「でも」

「迷惑をかけるのが嫌？　もう聖さんには嫌われてしまったなら、関係ないじゃないですか。彼の知らないところで、こっそり好きでいるだけなら、誰にも迷惑はかけません。違いますか？」

「――え？」

びっくりして、響太は顔を上げた。それは、まったく思いつかない考え方だった。

こっそり、聖に知られないように好きでいる。ただ心の中で想うだけで、相手にも言わず、わがままも言わずにいるなら――それは、たしかに誰にも迷惑はかけないかもしれない。

成原は「ね？」と首を傾げてみせる。

「これからは思う存分、聖さんを好きでいてもいいいんですよ」

「……成原さん、すごい」

言われてみたら、そのとおりだった。ちょうど物理的に距離を置こうと決めたのだし、遠くに行ったらなおのこと、聖に迷惑をかけてしまう可能性はなくなる。

（聖を、好きで、いい）

無理にやめてしまわなくていい、と思うと、ぱっと光が差したように気持ちが明るくなった。

聖を好きでも、駄目じゃない。響太の大好きな聖のいろんなところを、いくら思い出して大切に思っても、そばにいないなら――想っていてもいい。

友達にならなきゃ、と考えるよりもずっと、響太にとっては楽な選択肢だった。

(好き、でいいんだ)

ほっと肩から力が抜け、ほんのり身体があたたまった気がして、響太はぺこりと頭を下げた。

「俺、成原さんに会えてよかったです。いろんなこと教えてもらって、本当に助かりました。ありがとうございました」

「なんだかこれが今生《こんじょう》の別れみたいな言い方をしないでください。寂しいじゃないですか。そんなに私は嫌われてしまいましたか?」

「嫌いだなんてとんでもないです。ただ、アメリカにでも行こうと思って」

響太は巻かれたやわらかいストールのフリンジを引っぱった。ロッククッキーをくれる聖に、仕事を喜んでくれる篠山に、プレゼントをくれる成原。みんな優しいからきっと大丈夫だ、と内心で言い聞かせる。

(大丈夫。人間なんとかなるように、できてるんだから)

「俺の仕事はどこでもできるし。アナログだとちょっと困りますけど……でも、物理的に距離を置いちゃえば、会いたくても会えないから、なんとかなるんじゃないかなと思って。中途半端なことしてまた失敗したら嫌だし」

「響太さんは、意外と行動力があるんですねぇ」

感心したのと呆れたのを混ぜたような声で言った成原は、困ったように眉を下げた。

「外国に行く予定とは予想外でした。もう決めてしまったんですか？」

「はい、行くことは。電話をもらったときも航空券を探していて」

「ああ、ではまだいつと決めたわけじゃないんですね。行ったら、しばらくは向こうで暮らすつもりですか？」

「今回すぐは無理でも、できるだけ早くそうしたほうがいいなって」

そう言うと、成原は腕を組んで思案げな表情を浮かべた。

「もし、向こうで永住とか、長期間住んで仕事をするようなら、アメリカよりイギリスがいいかもしれません。VISAの取得が必要になったときに、イギリスならアーティストVISAがありますから。基準を満たせるかどうかが鍵ですが」

「へえ、そんなのあるんですね。成原さんて物知りだなあ」

素直に感心したら、成原はなぜか苦笑した。

「響太さんは頑《かたく》ななわりに甘え上手で、本当に困ったうさぎさんですね。それも聖さんの庇護《ひご》のたまものでしょうか」

「ヒゴ？」

「なんでもありません。それより、せっかくですから、いくつかアドバイスさせてください。私もイギリスは何回か行ったことがありますから、手頃な滞在型のホテルも教えてあげられますよ」

「わ、助かります！　嬉しいです」

「今日の夜にメールしますね。チケットが取れたら教えてください。餞別《せんべつ》と言ったらなんですが、予約でもなんでもお手伝いしますから」

励ますように微笑む成原に、響太はほっとして笑い返した。

「ありがとうございます、本当に。成原さんがいてくれてよかった。俺の周り、いつも優しい人ばっかりで――恵まれてるなあって思います。ストール、大事にしますね」

海外に行くのも、なんだか楽しみにさえなってきた。だって、聖を好きでもいいのだ。

（聖を、好きでもいいなら、俺どこでだって頑張れるよ）

改めてお礼を言い、帰ろうと立ち上がると、成原は店の外まで見送ってくれ、最後にやわらかく言った。

「響太さんの幸せを、私は心から願っていますよ」

◇　一週間後　◇

成原が教えてくれ、予約までしてくれたバービカンのキッチンつきホテルは、手頃な価格だが清潔で、快適だった。

快適なのだと、思う。

「お、なか……すいた」

デスクに置いたノートパソコンの前で、響太は胃を押さえて呻《うめ》いた。イギリスに着いて三日目になるが、昨日の夜、デリで買ってきたチキンサラダに敗北して以来、なにも口に入れていない。視線を動かせば聖のロックククッキーが目に入って、くらくら心が揺れた。

すごく食べたいけれど、できれば食べたくなかった。これは捨ててしまったメモのかわりのお守りみたいなものだ。だから食べないと決めて飛行機に乗ったのに、そもそも日本を発《た》つ前からほとんど食べていないせいで、手足にうまく力が入らない。

日本でも、出発する前にチャレンジはしたのだ。でも結局なにも食べられずに、倒れるわけにはいかないからと聖の作った食事を冷凍庫から出して、食べた。

おいしくていくらでも食べられる聖のごはんを食べながら、ほんとにこれが最後だなと思うとしみじみ寂しかった。でも、これからは遠くで、ずっと聖を好きでいてもいいのだと思ったから、前向きでいられた。

好きでいてもいいんだ、という甘い高揚感は、きっと一生続くと思っていた。なのに、ロンドン滞在二日目にして、喜びよりも寂しさが勝《まさ》ってしまった自分が不甲斐ない。

不甲斐ないけれど、わからないことがあったときや困ったとき、横を振り仰いでもそこには誰もいないのが、響太には応えた。聖がいない。大丈夫だ、と言って引いてくれる手も、おかえりと迎えてくれる声も、あたたかい抱擁もないのだ。

聖が、ここにはいない。これからも、ずっといない。

独りだ、と思うとすぐにでも逃げ帰りたい衝動が襲ってきて、それを打ち消すのは至難《しなん》の業《わざ》だった。

聖に会いたい。ごはんは食べられなくてもいいから、遠くからでもいいから、聖の姿を見たい。

唯一救いなのは、そうやって聖に焦がれる自分を、否定しなくていいことだった。好きだから仕方がない、と思うといっそう寂しさがつのるけれど、好きじゃないと思い込む苦しさよりは、いくらかましだった。

「だぁいじょうぶ。人間、なんとかなるように、できてるんだから」

好きだ、と認めてしまえたら、食事もできるようになるとよかったのだが、それほど簡単ではないらしい。

あと一日我慢しよう、と決めてクッキーから目を逸らし、ロンドンのガイドブックを広げる。

今日は昨日断念した大英博物館に行こうかな、と考えるそばからアフタヌーンティーの写真が目に飛び込んできて、ため息をつきたくなる。

「これ、食べられたらいいのになあ……」

写真の中の卵サンドを凝視《ぎょうし》しながら味を思い描いたら、舌の奥に、聖のごはんの味が蘇った。バターの香りの甘いホットケーキ。生姜《しょうが》焼きのぴりりとした甘じょっぱい味。なんでもおいしかった。人《にん》焼き立てのふかっとした食感がたまらなくいい感じで、何回も「おいしいよ」と繰り返した。
掬ってかたちを作る。最初に聖が作ってくれたのは中学三年生のときで、響太も手伝わせてもらった。
け、と言い訳しながらよく焼けた小さいものを取り出す。胡桃《くるみ》が入ったロッククッキーはスプーンで
ぐーっと再びお腹が鳴って、誘惑にかられて響太はロッククッキーの包みに手を伸ばした。一個だ
参《じん》も、蓮根《れんこん》も、魚もお米も。油や醤油《しょうゆ》や砂糖の味、スープの熱さ、お出汁《だし》の匂い。

「――聖」

声も聞こえないほど遠くまで来たと思うと、押しつぶされてしまいそうに胸が軋んだ。さみしい。
聖には、イギリスに来ることは結局伝えなかった。「仕事でしばらく留守にします」という置き手
紙だけしてきたけれど、聖は見ただろうか。
成原と会っているのを見られて以来、ほとんど顔をあわせないままだった聖は、あのメモを見てど
う思うのだろう。少しは心配しているだろうか、と考えかけて、響太は首を振ってそれを打ち消した。
今回は三週間の滞在予定で、そのあいだに住む場所を決めてしまいたかった。大英博物館は後回し
にして、不動産屋を回ってみようかなと考え直して、響太はクッキーを袋に戻した。
これはやっぱり食べられない。食べてしまうわけにはいかない。
元どおりクッキーをしまい、つきつき痛んで空腹を訴える胃を強く押さえて立ち上がろうとして、
響太は激しい目眩を覚えた。身体がふらついて、椅子を巻き込んで床に倒れ込む。
砂嵐の中にいるみたいに視界が暗くなり、耳鳴りが襲ってきて、響太は丸くうずくまった。貧血だ。

じっとしていればなおるのは経験上よくわかっていたから、そのまま動かずにやり過ごしながら、霞《かす》む意識でぼんやりと思う。

(このまま食べられなくて、本当に死んじゃったら、やっぱり聖は怒るかな)

滞在型のホテルで倒れたりしたら、最初に連絡が行くのは篠山だ。仕事のこともあるから緊急連絡先に指定したいとお願いしたら快く引き受けてくれたのだが、篠山はきっと聖にも連絡するだろう。篠山には、聖に黙って出てきたことは言っていないのだ。

ちゃんと事情を説明して、連絡しないでって言えばよかったな、と後悔して、眠るように気を失って、気がついたのはもう夕方だった。

一日無駄にしちゃった、と思いながら、響太はそろそろと起きて電気をつけ、篠山にメールを送った。怒られるかもしれないと思いつつ、万が一なにかあっても聖には連絡しないでくれ、と打って送信し、それからふと思いついて、新規のメール画面を表示した。

普段は仕事のスケジュールの、リマインドに使うことが多いが、送信予約をしておけば、予約した日時にメールが送れる。聖に、いかにも友達らしい、なんてことないメールを送るように設定しておけば、響太が倒れて入院したり、最悪死んでしまったりしても、しばらくはごまかせるのではないだろうか。

(すごい……俺天才じゃない？　死んだらいずれわかっちゃうけど、入院くらいならばれないし)

よしそうしよう、と決めたらなんだか楽しくなった。

さっそく明日の日付で、元気に仕事してます、と打って送信予約する。

次の一通では、成原のチーズケーキが好物になったと打って、コンクール頑張ってねと書き添えた。

三通目はタイトルを「旅行に来ました」にして、添付ファイルに昨日撮ったナショナルギャラリーの写真をつける。

これを見たら、聖は喜んでくれるかな、と思う。元気になってよかった、って言ってくれる日が来るだろうか。

ぱたっ、と小さい音がした。

四通目のメールの画面を立ち上げて、なんの音だろう、と首をひねった響太の指の上で、ぬるい水滴が弾ける。一粒、二粒。一瞬また水漏れかと思いかけて、たらっと頬を伝う感触に、響太は笑いそうになった。

「馬鹿みたい」

なんで泣いてるんだろう。泣くことなんか、なにもないのに。

好きでいてもいいから、幸せなのに。

なのに、大きな穴が身体に開いているみたいに寒くて、すうすうした。三月のロンドンは寒いから仕方ないけれど、手足もやたらと冷たい。

冷えてるぞ、と言って抱きしめてくれた聖は、もういない。

四通目のメール画面を凝視して、なにか楽しいことを書こう、と思ったけれど、もうなにも浮かばなかった。会いたいな、とだけ思って、響太は結局画面を閉じた。また明日書こう。時間なら、たくさんあるのだから。

◇　過去　◇

五月になって高校生活にも慣れてきたころ、体育の授業はバスケットボールになった。背も低く、痩せて体力のない響太は全然戦力になれずに楽しくはなかったが、中学時代に部活でもやっていた聖は、段違いにうまかった。

「すげえな伊旗、うまいじゃん」

試合形式でプレイしているのを横で見学しているクラスメイトの一人が、感心したように呟いて、響太は我がことのように誇らしくなった。

「聖、中学のときはバスケ部だったんだよ」

「あー、そういう感じ」

「俺知ってる。友達がバスケ部で、試合のとき、対戦校でいたわ、伊旗。レギュラーだったけど……でも、一回しか見てないなあ」

別のクラスメイトが首をひねり、ああ、と響太は頷いた。

「聖、二年生のときに退部したから」

「え、なんで。怪我？」

「ううん、それは──」

それは、自分のためだ、と言いかけて、響太は口を開けたまま止まった。なに？　と不思議そうにクラスメイトが訊いてきて、慌てて首を振る。

「それは、知らない、けど」

「おまえら仲いいのに、知らないんだ？　まあ、あの感じだと怪我じゃないよなあ」

コートでは聖が、鮮やかにディフェンスを抜くところだった。ゴール下に迫って、かるがるとシュートを決める。

ぎしっ、と心臓が軋んだ。

聖はチームメイトに賞賛するように背中を叩かれ、照れくさそうに、でも楽しそうにしていた。それが眩しい若葉みたいな綺麗な緑色に見えて、きしっ、きしっ、と胸が痛む。

その日の帰り道、聖と並んで駅まで歩きながら、響太はそっと切り出した。

「聖、やっぱりバスケうまいね」

「そうでもない。久しぶりだから、けっこうなまってた」

「……部活、バスケにしないの？」

訊きながら、胸が軋むのを感じる。嫌な痛みだった。寂しいのに似てる、と響太は思う。嫌だ。身体の中のあの箱の、蓋がなぜか開いているのだ。だから痛い。

「料理部入ってるから、かけもちはないな。バスケは、練習とか試合があると響太の飯が作れないし、一緒に食べられない」

響太にあわせてゆったり歩きながら、聖は手を伸ばしてくしゃっと響太の髪を撫でた。

「俺と一緒にいないと、響太食べられないだろ」

「――そうだけど。でも、聖はバスケ上手だし、みんなもうまいって言ってたし……聖だって、楽しそうだった」

「たしかにバスケは嫌いじゃないけど、食べなきゃ死ぬんだぞ」

もそもそ言う響太に、聖は不機嫌になったように、ぐっと眉間《みけん》に皺《しわ》を寄せた。

「おまえは知らないかもしれないけど、なんにも食べなかったら、人間は死ぬんだ」

子供の頃、食事は食べないとお腹がすいて、食べれば満腹になって、それが栄養になるのだ、ということを、響太は全然知らなかった。食べることは好きではなく、学校の給食の時間も苦手だったし、家で一人で食べるのは、できればやらずにすませたかった。――その話を、聖にした記憶はなかった。

でも、聖は知っているようだ。

「知ってるよ。聖と食べたら、ちゃんとおなかいっぱいになるし」

「だから、俺がいないと駄目じゃないか」

膨《ふく》れて言った響太に、聖は呆れたようにため息をついた。

「余計なこと気にする暇《ひま》があったら、頑張って食って、もうちょっと太れ。おまえ大食いなのに、全然太らないんだもんな」

　ぽんぽん、と今度は背中を叩かれて、響太は鞄《かばん》を抱えるようにして横を向いた。完全に子供扱いされているのが、悔しいような、悲しいような気持ちだった。

「うさぎに生まれればよかった」

「うさぎ？」

　唐突な響太の独り言を、聖が聞き咎めて顔を覗き込んでくる。ふいっとさらに顔を背けて一回転して、響太は言った。

「うさぎって、寂しいと死んじゃうんだって。俺もうさぎだったら、小さいころに死んじゃえたのに。家でずっと一人でいて、食べるのがめんどくさかったときに死んじゃえば、聖はバスケできたのに。おばあちゃんだって――おばあちゃんだって、急に死んだり、しないですんだかもしれないもん」

「馬鹿！」

　箱の蓋が開けっぱなしだ――と思いながらとまらなくて言った途端に怒鳴《どな》られて、響太はびっくりして聖を見上げた。聖は見たことがないくらい、真剣で怖い顔をしていた。

「そんな馬鹿なこと言うなら、響太なんか――」

「……っ」

　響太なんかもう知らないからな、と言われる気がして、響太は息を呑《の》んだ。目を見ひらいて見つめた先、聖は怒りをいっぱいに湛《たた》えた表情で、なにかをこらえるように歯を食いしばっていた。

やがて。

「響太なんか、馬鹿じゃなくなるまで、俺がつきまとって離してやらないから、覚悟しておけ」

言うなりぎゅっと手を掴まれて、響太はつんのめった。

どんと広い胸にぶつかって、抱きしめられる。

「次また馬鹿なこと言ったら、クッキーは作ってやらないからな。響太の好きなロッククッキー、一生食べられないぞ。嫌だろ」

怖い、脅《おど》かすような声が鼓膜を震わせる。無理やり怒りを押し殺したような、ぶっきらぼうで優しくない声は、優しくないからこそ、響太をたまらない気持ちにさせた。

こんなに怒るくらい、聖は優しい。

嫌だ、と響太に言わせるために、怖い声を出してくれる聖。

「——————やだ」

全然成長しない響太と違って、聖の身体は大きかった。きしきし心臓が悲鳴をあげる。

悲しい。悲しいのに嬉しい。嬉しいのに悲しい。もう平気だよ、と言えない自分。

「やだよう……ごめん聖……ごめんね……」

滲んだ涙は、抱きしめられているせいでぬぐえなかった。

(聖、俺がいなかったら、きっとバスケしてた。俺がいなかったら、ほかの学校の人にも、すごいって言われたりして、もっと……もっと、かっこよかったかもしれないのに)

中学生のとき、聖が部活を頑張っていたのは、響太だってよく知っていた。一緒に登校できなくて寂しかったけれど、朝練も、放課後の大変そうなトレーニングも、黙々とこなしている聖が、響太も好きだった。

でも、聖はいろんなものを捨ててでも、響太のそばにいてくれる。

ごめんね、と繰り返してしがみついた響太を、聖はゆっくり抱きしめた。

「わかればいいよ。――俺は、おまえがいればいいから。どこにも、行ったりするなよ」

そっと身体が離されて、聖が覗き込む。顔が自然に近づいて、泣いた目元と、唇に、続けて口づけられ、響太はまばたきした。

「なんのおまじない？」

「響太が、俺と一緒にいられるおまじない」

ほんのり顔を赤くしてぶっきらぼうに言った聖は、もう一回ちゅっと唇を吸って、離れた。

かわりのように、手をつなぐ。

「響太が、隣に引っ越してくる前に、猫を拾ったんだ」

きりりとした横顔を見せて歩きながら、聖は言った。初めて聞く話に、響太は手に摑まるようにして聖を見上げていた。

「一年くらい飼ってた。もうおじいさん猫だったと思う。でも一年生きたんだ。おとなしかったけど、具合が悪そうには見えなくて、だから安心してたら……ある日家の中にいなくて、玄関のわきの植え込みのところで、冷たくなってた」

「え」

予想しない話の流れに思わず声を出した響太を、聖はちらりと見て、また前を向いた。

「猫って、死ぬところを見られないようにすることも多いんだって。だから見られてよかったわね、って母さんに言われて、すごく嫌だった。全然よくなくて、寂しかったから。——響太だって、おばあちゃん亡くなったとき、寂しかっただろ」

「……うん」

「俺も響太がいなくなったら、寂しいんだ」

聖に似合わない単語に、喉の奥がひやりとした。聖が寂しくなることがあるなんて、思いもしなかったのだ。ぎゅっと指が絡められて、痺れるような痛みが耳まで響く。

「俺が響太といたいんだから、響太は変な気回すこと、ないんだ」

「……聖も」

驚きでぼうっとしたまま、響太は聖の顔を見上げていた。

「聖も、寂しくなるの？」

「なるよ。当たり前だろ」

「……そっか」

ぶっきらぼうに返ってくる言葉に、じんとまた耳が痺れた。

（聖も、俺がいなかったら、寂しい）

嚙みしめるうちに奇妙にうずうずした、不思議な心地になった。いないと寂しい、ということは、聖は、響太といると楽しいのだ。

響太はつんつん、とつないだ手を引っぱって足をとめる。なに、と言うように見下ろす聖の眼差しに、精いっぱい微笑んだ。

「じゃあ俺もおまじないするね」

踵《かかと》を上げて、思いきって唇を聖の頰にくっつけると、聖は表情を選び損ねたみたいな、変な顔をした。喜べばいいのに、と響太は首を傾げた。

「聖が寂しくないおまじないだよ。……嬉しくなかった？」

「いや。嬉しい」

ぼそっと言ってから、聖は照れくさそうに、でも嬉しそうに目を細めた。その顔は夕焼けのオレンジ色のせいか、いつになく赤くて、聖もけっこうカワイイじゃん、なんて響太は思って——じゃれるみたいに、聖の腕にしがみついた。

体育の授業中に感じたきしきしする痛みは、すっかり忘れ去っていた。

◇　現在　◇

雀《すずめ》の声と、なんだか懐かしいいい匂いで目が覚めた。懐かしくて気持ちのいい夢を見ていた。

ぼうっと目を開けた響太は、見慣れない天井の柄に「ここはどこだっけ」と思う。ベッドに寝た記憶もないのに、なぜベッドにいるかわからない。もそもそと慣れない感触の軽い上掛けをのけて上体を起こすと、たいして広くない部屋の奥、キッチンのところで聖が振り返った。

「起きたか？　ちょうどよかった」

聖が近づいてくるのが、乳白色《にゅうはくしょく》の霧《きり》をまとったように、あたたかくてふわふわした光景に見えた。たぶん夢だなと響太は思う。目が覚めたところからの夢。知らない場所だから、きっと将来こうなったらいいなという願望を反映しているのだろう。

「お粥《かゆ》作ったから、起きられそうなら食べろ」

「ん……」

頷こうとしたら身体が傾ぎ、聖が支えてくれた。がっしりしていて質感のある聖の腕に、ふふ、とつい笑みが零れる。

「本物みたい」

「――寝ぼけてるのか」

「だって聖がいるはずないもん……おまじないして」

支えられたまま、響太は聖に頭をすり寄せた。聖の匂いもして、このまままた眠りたくなる。身体はだるいし、すごくいい気分だから、目覚めたくない。とろんと至近距離で見上げると、聖はきゅっと目を細めた。

「おまじない、してほしいか？」

「うん……して。それで、このままくっついてたい……」

「いいよ、してやるよ」

夢の中だから、もちろん聖は嫌だと言わない。背中に手が回されて、仰のかされて、響太は目を閉じた。半びらきの唇に、しっとり唇が重なってくる。

「んン……、ん……んぅ」

ついばむように何度も口づけられる。うっとり感触に浸っていると、空いた手でするりと頬を撫でられ、気持ちよくて鼻にかかった声が漏れた。

「ふぁ……、うれし……聖……」

「嬉しい？」

「うれし、いよ……もう一回、ぎゅうって、されたかったんだもん……」

惚《ほう》けたまま呟けば、窺うようにまた唇が押しつけられた。舌が触れてくるのも気持ちいい。唾液をまぶすように舐められ、力の抜けた唇のあいだから、大きな舌がすべり込んでくる。

「んむっ……ふ、ァ、ん……ッ」

ぬちゅっ、とかき回されてぞくぞくした刺激が腰に走り、響太は聖の腕の中で身悶えた。尖らせた舌先が歯をなぞり、裏側をくすぐって、上顎までぞろりと舐められる。口の端から唾液が伝い、その感触に、響太はひくひくしながら目を開けた。

すごくすごく気持ちいいけれど——これは、リアルすぎやしないか。

「ふ、むっ……んんッ……ぁっ……あ、ひじ、ンッ」

ちょっと変では、と思いつつ名前を呼びかけ、遮るようにまた口づけられて、響太は必死で手を彷徨《さまよ》わせた。触れた聖の服を握り、すごい握れてるリアル、と思ってから、呻いた。

「んーーっ、んんっ、はっ……あ、ひ、聖っ」

「目、覚めたか」

ぺろりと自分の唇を舐めて、妙に淡々と聖は言った。響太は微妙に乱れてしまった胸元を押さえて、呆然と彼を見上げた。

「希望どおりくっついててやりたいけど、また気絶するからな。先にお粥食べな」

「な、なんでいるの」

聖がいてくれて嬉しい——なんて思う余裕さえなく、ぼけっとした声で独り言のように呟くと、聖は響太の手を取った。

あたたかい手だった。

「なんでって、もう一回ぎゅっとされたかったんだろ」

「……聖」

「されたいことがあるなら、ちゃんと飯食ってればいいのに。ロッククッキーもメモももう食べられないぞ。そんなに日持ちしないんだから」

「だって……あれは、お守りに、しようと思って」

ぼうっとしたまま言い訳がましく呟くと、聖はつないでいない手で響太の頬に触れた。

「食べないで倒れてるなんて、おまえはほんとに……目が離せないな」

撫でられ、耳のそばから髪の中に指を通されて、響太はまばたきした。じっと見つめてくる聖の瞳は深い色をしていて、怒っているのか、そうじゃないのか、響太にはよくわからなかった。

響太の戸惑いを見抜いたように、聖はちょっとだけ笑った。

「クッキーもメモも、また作ってやるよ。メモは食べないですむならそのほうがいいけど」

やんわりともう一度キスされて、響太はまたぼうっとなった。とろけたような意識の中で、ちょっとずつ思い出す。ここはイギリスで、響太は聖にひどいことを言って、日本を逃げ出して、これからは離れた場所でひっそりと聖を好きでいる——はずだった。

なのに聖は、どうしてか目の前にいて、キスしてくれて、しゃべっている。

「……聖……あの、俺」

「今回は目を離した俺にも非があるってことで、倒れたらロッククッキーはもう焼いてやらない約束はなしにしてやる。だからおとなしくしてお粥食べて、さっさと元気になれ。——こんな冷たくなって、ふらふらになって、心配ばっかりかけて」

「それは、ごめんね。でも、あの、……これ、キ、ス……ん」

どうしてキスしてくれるの、と訊きたかった。どうして優しくしてくれるの。追いかけてきて、抱きしめてくれて、撫でてキスしてくれる理由を、浮かれて勘違いしたくない。

その問いを遮るようにされたキスは長かった。幾度もついばまれ、舌を差し込まれて優しく舐められて、ただでさえ力の入らない四肢からはくたくたと力が抜けた。

完全に聖の腕に支えられて、つう、と口の端から涎が溢れるまで口づけられたあと、聖はややばつの悪そうな顔でため息をついた。

「悪い。お粥が冷めちゃうな。おいで」

半ば抱くようにしてベッドから降ろされて、ごく小さなテーブルにつかされると、聖はこれも小さい鍋からスープ皿にお粥を移して、出してくれた。ご丁寧に上には響太の好きな昆布《こんぶ》の佃煮《つくだに》も載っている。

気持ちは現実に追いついていないのに、現金な胃袋がぐきゅるるるる、と盛大に音をたて、響太は赤くなってスプーンを握った。いただきます、と小声で言って、お粥を口に運ぶ。

「水が違うから、あんまりうまくないかもしれないけど」

「——おいしい」

よく煮込んだ全粥はさらさらの舌触りで、ほんのりした米の甘みが口いっぱいに広がった。熱いお粥が胃袋に沁みると、自分が猛烈に空腹だったことを思い出す。同時に、しぼんで現実感を失っていた意識も、急に鮮明になった気がした。おいしい。聖の、ごはんだ。

おいしいと思ったらとまらなくて、響太は夢中で食べた。

はふはふ言いながらお粥を食べる響太を見ながら、聖は片手で頬杖《ほおづえ》をついた。

「成原さんが」

「教えてくれたよ、ここ」

「——成原さんが？」

「響太さんが可哀想なので、迎えに行ってあげてくださいって」

やや面白くなさそうに聖は言い、響太はどうして成原さんが、と思いながらお粥を飲み込んだ。響太の目を見て、聖はふっと視線を逸らす。

「響太さんは自分の気持ちもよくわかってないけど、あなたのことが相当好きなので、誤解しないであげてくださいとか言われて、複雑な気分だったよ。おまえ、ずいぶんあの人に懐いたんだな」

「懐いたっていうか……成原さん、いい人だから」

素《す》で答えてしまってから、そうだ成原さんとは恋人ってことにしてたんだった、とはっとしたが、すぐにその嘘がもう無効だろうと気づいて、響太はいたたまれなくなった。

「成原さんに言われてって……ごめんね。あの、千絵さんもいるし、仕事だってあるのに」

「あのな、響太」

聖は深いため息をついた。

「さっきのキス、なんだと思ってるんだおまえは。千絵はただの知り合いだって十回くらい言ったただろう。それに、姉貴に余計な口出しされてからは、一度も会ってない」

「嘘」

「なんで嘘つかなきゃならないんだ。本当に会ってない」

「俺見たよ。こう、ぱつっとしたボブの、赤いセーターの人」

「ボブの赤いセーター？」

まったく思い当たらない、という顔で、聖が首をひねった。騙《だま》されないぞ、と響太は聖を睨んだ。

「このあいだおばさんが退院した日だよ。新宿《しんじゅく》の喫茶店で、見たんだから」

「ああ、鈴木《すずき》さんか」

納得したように聖が頷いたが、今度は響太が首を傾げる番だった。

「鈴木さん？」

「店の同僚、というか先輩。コンクールの件で相談に乗ってもらった」

「……どうりょう」

「信じられないなら、今度会わせてやるよ。おまえのこと、俺の恋人ですって紹介してもいいなら」

ぽかんと呟いた響太を一瞥し、聖は「冷めるから早く食べろ」とつけ加えた。食べる手をとめてしまっていた響太は慌てて再開して、数口食べてから、こわごわ聖を見た。

「あの」

「なに？」

「今」

「今？」

「俺の恋人ですって言った？」

「駄目なのか？　食べろって」

「食べるけど、だって」

なんでそんなこと言うの、と思うと、じわじわと耳が熱くなった。スプーンを持つ手が震えて、お粥を食べるどころではない。

「だって、それじゃ、聖が、まるで俺のこと」

俺のこと好きみたいじゃん、と思って、そんなふうに思うのはひどい思い上がりのような気がして口を噤む。聖はふう、とため息をついた。

「まるで俺のこと、なんだよ。ここまで言われてもわかんないのか響太は」

「――」

「そんなの、好きに決まってるだろ」

聖の声はきっぱりしすぎて、問い返せない空気だった。嘘だ、と否定することもできなくて、響太はただ固まった。目も逸らせないままじっとしていると、聖は手を伸ばして、響太の手からスプーンを取り上げた。

「駄目ならべつに、それでもいいよ。おまえが恋愛したくないって言ったときに、じゃあ家族でもなんでもいいって決めたから」

小さいテーブルの向こう側から、聖がスープ皿の中のお粥を掬って、響太の口元に運ぶ。

「あと十年このままでいろって言われたら、ちゃんと待つ。響太が望むなら。俺は恋人がいいってずっと思ってるけど、響太が嫌ならべつに、恋人じゃなくてもいいんだ。そばにいられるなら、なんだってかまわない」

「——聖」

ざわっとうなじの毛が逆立《さかだ》つような感覚がした。恐怖にも似た衝撃が、肌をゆっくり這い下りて、金色の粉《こな》を振りまいていくような。

「今さら他人に言われるまでもないんだ。お互い依存してるだけだとか、一方的な庇護が健全な関係とは思えないとか、出会ってすぐの人間に指摘されてはいそうですか、ってなるわけないだろ。そんなの、何千回だって考えたよ」

聖の声は淡々としているくせに憤《いきどお》っているようで、にもかかわらず優しかった。つん、とスプーンで唇をつつかれ、響太は雛《ひな》みたいに口を開けた。さらさらとお粥が流れ込む。ほのかな甘み、昆布の佃煮の塩気。

「ちゃんと考えた挙《あ》げ句《く》に待ってたんだから、響太が恋愛解禁したら、一番権利があるのは俺だと思わないか」

「……それは、そうかも、しれないけど、んぐ」

もう一口お粥を食べさせられ、飲み込んで、響太は上目遣いで聖を見つめた。

「でも、おばさんが悲しむよ。聖の子供が……孫が見たいって、病気で、……きっと、心の底から望んでるのに」

「あれ言われたときはちょっとは応えたよ」

最後の一口をスプーンで集めながら、聖は表情ひとつ変えなかった。

「姉貴には余計な口出しされるし、響太はまだ全然、恋愛なにそれみたいな顔でのほほんと絵ばっかり描いてるしな。でも」

響太の口にお粥を入れた聖は、正面からじっと響太を見据えてくる。

「もし、どこかで決断しなきゃいけないなら、俺は家族を捨てて響太を取る」

「そっ……そんなの駄目だよ！」

思わず立ち上がって響太は叫んだ。聖は視線を逸らさなかった。

「どうして？」

「どうしてって、だって、そんな、自分勝手じゃん！　家族の……幸せとか、希望とか、踏みにじるのはよくないよ」

「おまえの母親みたいに？」

「——っ」

ぎしっと胸の奥が軋み、響太はそこを手で押さえた。そうだ。あんなふうに身勝手になりたくない。

「……そうだよ。俺の、お母さんみたいに」

「それでも俺は、選ばなきゃいけないなら響太にする」

聖はわずかも動揺せず、迷いのない目をしていた。

「これも何百回も考えたからな。響太は罪悪感で傷つくかもしれないし、親も姉貴もいい顔をしないだろうけど、じゃあだからって、誰かほかの人と見合いでもして結婚して、それって誰が幸せなんだ？　俺は、響太といるのが一番幸せなのに」

「……」

「両親も姉貴のことも好きだよ。でも、俺が一番幸せでいる相手と一緒にいるのを祝福してくれない家族なら、悲しいしつらいけど、さよならするしかない。海でどっちかが溺《おぼ》れてて、どちらかしか助けられないなら、俺は響太を助けて、後悔と罪悪感くらい、一生抱えておく」

眩しい光で眼底を射抜かれたように、目眩がした。

好きな人に好きだと言われたのに、嬉しいとは思わなかった。それよりもずっと痛い。苦しくて刺さるようで、悲しいときみたいに目が潤む。全身を貫く痛みによろめくと、聖がすぐに立ち上がり、優しい強さで抱きしめてくれて、響太は喘ぐように口をひらいた。

「なんで、聖……っ、そんなに、俺に優しいの……？」

「馬鹿だな。それもわかってないのかよ。一番大事だって言っただろ」

すっぽり頭を包んでしまいそうな手が、やわらかく後頭部を包んで撫でてくれる。

「響太に会う前も、会ったあとも、クラスの友達とか女子とか、先生とか、専門学校の同期とか店のお客さんとか、いろんな人はいたけど、響太より——好きだ、って思ったやつがいなかった」

「——聖」

「響太が、一番、好きなんだ」

深く身体に響く声に、酔ったように目眩が強くなる。一人では立てない身体は聖に支えられていて、響太は聖の胸にぎゅっと額を押しつけた。

ごめんなさい、と誰にともなく思う。

ごめんなさい。俺、聖が好きです。このひとが。

ずっと、このひとだけが、好きだった。恋と知る前から、聖だけが。

「……、聖、俺……っ」

「だけど響太がやっぱり恋したくないなら、俺はそれでもかまわないし、俺じゃなくほかの誰かを好きになるなら、無理かもしれないけど諦めるしかないと思ってた。でも、響太は俺がいいんだろう?」

癖っ毛に潜った指先が、そろりと地肌を撫でてくる。ぞくんと駆け抜ける震えに、響太は大きく息をついた。身体中熱いのに、寒いみたいにかたかた手足が震えて、どうしてもとまらない。

「聖、俺は」

響太には選ぶものはない。最初から、捨てて困るものは聖以外に持ってない。いろんなものを持っていて選ばなければならない聖に対して不戦勝みたいでずるいなと思うけれど。

でも、知ってしまった気持ちをなかったことにはできないのだ。

「俺は、聖が世界中の人に嫌われて、なにか違うものになっても——木とか、トラとかになっても、聖がいいし、聖しか、ほしいって思ったことない」

「——うん」

そうっと、聖の唇が頭に押し当てられた。

「知ってるよ。だから、響太はもっと欲張りになっていいんだ」


食べてなくて体力ないから一回だけな、と囁かれながら服を脱がされた。そのあいだに何度も何度もキスされて、壁のほうを向いて横向きに寝かせられたときには、響太の息は完全に上がっていた。後ろから聖に抱きしめられて、響太ははあはあとみっともなく喘ぎを零す口元を押さえる。

「はァ、あっ……あ、アッ」

裸だ、と考えるだけでさわさわと小刻みな震えが湧き起こる。自分も聖も裸だというだけでいっぱいいっぱいなのに、聖の指が胸をこするから、感電したみたいに何度もびくついてしまう。

聖の両手は響太の胸にある。弄《もてあそ》ぶように小さな乳首が指先でつつかれて、痛くない強さでつまんでこすられると、疼くような熱が宿った。

「聖ぃ……も、そこ……ふァ、は……っ」

「気持ちいいだろう？　乳首、あんなにちっちゃかったのに、膨れてる」

さすさす、と指の腹で優しく撫でられ、転がされ、ふぁあ、と鼻にかかった声が溢れ出る。かるく捏《こ》ねられればじぃんと全身が痺れ、てのひらで覆った口元が、ふにゃふにゃと歪んだ。

「やだ……ァ、じんじん、する、やだ……っ」

「そんなに嫌か？」

潤んだような湿り気を帯びた響太の言葉を、聖はまったく本気にしていないようだった。余裕さえ滲む低い声で訊きながら、片手を下肢へとすべらせる。

「なんだ、ちゃんと勃ってるぞ」

「ひゥ、あ、や……ッ」

じゅくん、と疼く先端をこすられて、響太は反り返るように背をしならせた。聖はやっと胸から手を離し、かわりに響太の片脚を持ち上げるようにして、ゆるゆると股間を愛撫する。

「びっちょりだな、脱いでキスして、乳首いじっただけなのに」

「ア、ん、や、熱いよ……っ、すぐ、すぐ出ちゃうッ」

「いいよ、出して」

ぬるっと聖の指が絡みついた。根元からささやかなくびれへと促すように数度扱《しご》かれ、響太は海老《えび》のように身体を丸めたが、数秒と保《も》たなかった。

「ひゃ、ぁっ……、あぁっ……！」

ぴゅく、とろっ、と噴《ふ》き出すのにあわせて、激しい快感が下腹部からうなじまで走り抜けた。焼け切れてしまいそうな熱い感覚に息がとまり、それからどくどくと鳴る鼓動にあわせて、荒く浅い喘ぎが喉をつく。

「ひ、あ……はっ、ふ、あ、……あ」

「量、少ないな。濃いけど」

精液を片手で受けとめた聖は、指を広げて響太の目の前にかざした。

「食べてないもんな。そのうち、めちゃくちゃたくさん出るようにしてやる」

「い、いいよっ……なんかやだ、えっ？」

べったり聖の手に広がった自分の精液が恥ずかしくて目を逸らしたら、聖が当たり前のようにそれを口元に持っていき、舐めた。

「ええっ!?」

「うん、まずくないな、おまえの」

驚いて身体をひねるようにして聖を振り返ると、聖はご丁寧に指をすっぽり口に入れて、しゃぶってみせた。ざあっ、と血の気が引いて、ついで響太は真っ赤になった。

「へ、変態っ……な、舐めるの、変だよっ」

「普通だろ。まあ変態でも俺はかまわないけど。それより、おまえ、市販のやだろ」

「変態、はよくないよ……市販のって？」

「食べたら、気持ち悪くなりそうだろ？　それとも俺と離れてるあいだ、ちゃんと食べられてたか？」

「う――ううん。食べられなかった」

やっぱり食べられないって甘えてるみたいだな、と恥ずかしくて、響太はもぞもぞと聖に背中を向けた。えぐれたように薄い腹を、聖は後ろからやんわり撫でた。

「次からはなにか考えるけど、今日はキスがわりに、これで我慢してくれ」

「我慢？　……っ、ひ、ぁ!?」

なにを、と訊き返そうとした途端、ぬるっと尻がかきわけられて、響太はびくりとすくんだ。あたたかく濡れた指が、窄まりを探ってくる。

「は、ふ、アッ……ぬるってする、ア、ぁ、」

「次はちゃんと舐める。今日は余裕なくて、悪いな」

全然余裕なさそうには聞こえない声で囁いて、聖はそこをなぞった。襞《ひだ》のひとつひとつに唾液を塗り込むように、丁寧にまさぐられ、ぴくぴく息づく中にまで、指が入ってくる。

濡れた感触が聖の唾液だ、と思うと、ぶわっと汗が全身から噴き出した。

「やーっ、入れ、たら、ひ、ぅっ……」

浅く指を埋められた孔は、ぴったり聖の指に吸いついている。くっきりとかたちがわかるほど異物を締めつけて、そのくせ、とろけそうな心地がした。

「ひじり、だめっ……中、気持ちィ、の、こまる、……っ」

「これ、気持ちいいのか？」

「あぁっ、揺らしたら、指、きもち、ぃ、あ、こするの、だめ、ぇ……っ」

「この襞の奥は？」

「アッ、そこだ、め、や、らっ……やぁ、イく、アッ、あーっ……」

ぬくりと深く差し込まれ、内側の襞を丁寧にこすられると、全身が瘧《おこり》にかかったように痙攣《けいれん》した。

半ば勃ち上がりかけていた性器からは再び白い体液が少量まき散らされて、ざあざあと血の流れる音が鼓膜の奥に響く。

「はぁ、は、ァ、またっ……いっちゃ、た……」

お尻の孔に指を入れられただけなのに、と呆然としながら呟くと、聖が珍しく舌打ちをした。

「やたら可愛くえろいこと言うのな、おまえ」

「い、言ってない、あっ、なにっ……？」

「ジェル。これが、市販の。俺ので濡らしてあるんだから、我慢しろよ」

ボトルの蓋を開けるような音がして、続けてびちゃびちゃに濡れた聖の手が尻をさすった。

「つめたっ……あ、あぁっ……ぅ、ぁッ」

瞬間冷たく感じたとろみのある液体は、聖のてのひらと響太の身体でぬるくなって、つうっと肌を伝った。聖は響太に片脚を大きく曲げさせて、露わにした股間全体をぬめる手で撫で回す。

「はぁっ……あ、ぬるぬる、して、ア、んっ」

小ぶりですでに存在感をなくした袋までねっとり揉まれて、ぐしゅぐしゅ音がする。勃っちゃう、と響太はそこを見下ろしたが、予想に反して、性器はくたりとうなだれたままだ。

「うそ……なんで、きもちぃ、の、に……あ、はぅっ……」

ぬぷ、とあっけなく指が入って、響太は身体をくねらせた。聖はなだめるようにうなじに唇を押しつけてくる。

「気持ちいいならかまわないだろ。痛くないか?」

「ん、ないっ……いたくな、ぁっ、ふぁ、ん」

さっきよりもなめらかに指を出し入れされるのが気持ちいいような、もどかしいような感じがして、
無意識に響太は腰を揺らした。

「ア、は、へんだよっ……中、はぁ、もっと、あん、奥っ……」

「もう奥にほしいのか?」

「だってっ……むずむずして……っ、はぅ、あっ、どうしたら、いいの……っ」

聖の指が収まったところが、腫れたようにむずむずする。気持ちいいのは怖い気がするのに、もっと奥まで触ってほしくなる。強くこすられたい。深い場所に、触ってもらえないのがせつない。

「ひじりっ……こすってよぉ、あ、もっと、あっ……奥してっ……へんに、なっちゃうから、奥、して……っ」

じゅぷ、じゅぷ、と音をたてて指が出し入れされているのに、足りない。じわっと涙まで浮かんできて、夢中で訴えると、耳のすぐそばで聖の苦しげなため息が聞こえた。

「——痛かったらすぐ言えよ」

ぬるっと指が抜けた。ああ、と抗議するような声を漏らしてしまうと、今度は二本まとめて挿入され、拡《ひろ》げられる感覚にきゅうっとつま先が丸まった。

「はぁっん、……あッ、あァ、は、ァ……すご、ッ」

ずうんと根元まで指が入れられ、掘るように捻《ねじ》られて、響太の尻はひくひく跳ねた。奥のほうで感じる異物が、聖なのだ、と思うと、心ごとアイスクリームみたいに甘く溶けてしまいそうだった。

「きもち、い……きもち、くて、とけ、ちゃう……っ」

「っ、くそ、この前までやだやだ泣いてたくせに」

獣《けだもの》めいた唸りを発して、聖は性急に指を抜いた。唐突な喪失感にぶるりと震えたのもつかのま、今度ははっきりと大きい塊が押しつけられて、くた、と力が抜けた。

「あ……ひ、じり、」

「できるだけ、痛くないようにする」

口早に告げる聖の声にも、もう余裕は窺えなかった。聖の先端は熱く張りつめていて、硬い刀のようにずぶりと——響太の孔をこじ開けてくる。

「——ひ、あ、ィ、……っ、あ、ああ——ッ」

痛みをともなう痺れが駆け抜けた。ずっしり重みのある聖の肉体が、沈むように徐々に入ってきて、びく、びくっと下腹部が波打つ。

「あ……ひ、ぁあ……、は、……あ」

「悪い……痛いよな。ちょっとだけ、我慢してくれ」

苦しげに息を乱して、聖が響太の耳にキスしてくる。あたたかい手が汗ばんだ響太の腹と胸を、慈《いつく》しむように撫で回す。

「今は、引きたくない。やめたくないんだ」

「……っ、聖……」

聖の掠れた声に、たぷんと身体の奥で水が揺れ、胸はきしきしと軋んだ。ものすごく悲しいときのように、息がつまって苦しくて、熱っぽい。泣きたいくらいで、なのに感じているのは、たしかに喜びだと、今の響太にはわかる。

深い深い喜びは、悲しいのによく似ている。

「いいよ、聖……もっと、入れ、て」

裂けてもかまわない、と響太は思った。聖が響太のためを思って我慢するよりも、我慢しないで求めてくれたほうが、ずっと嬉しい。ほんのわずかでも、自分が聖の役に立てる気がするから。

少しでも聖が動きやすいようにと、響太は痺れた腕で片脚を抱えた。横向きに身体をずらし、天井に向かって股間を晒すように、精いっぱい持ち上げる。

「これで、もっと、はいる……？」

首をひねっても聖の顔は見えなかった。前みたいに上から押さえてもらえばよかった、と思うときゅっと胸がよじれて、もどかしく尻を突き出す。

「いれて……全部、いれて、ひじりの、……っ」

「――く、」

押し殺した声と同時に、半分入った聖の雄《おす》が、いっそう膨れ上がった気がした。

聖は響太の身体を抱き、抱え上げた脚を支えてくれながら、一呼吸置いて、大きく穿《うが》った。がくん、と首が揺れ、赤と金色が視界で入り混じる。

「あ――っ、あ、はァっ、はい、って……アッ」

二度、三度と腰が打ちつけられるたびに、聖は響太の奥に進んでくる。やわらかく狭い管《くだ》をこすられ、食い込むように鋭く突き上げられて、シーツの上で身体がすべった。

脚を絡ませるようにして、股間が密着するほど深々と挿入すると、聖はゆっくり響太の耳を食《は》んだ。

「中、ひくひくしてて、あったかいな」

「あ……、ひじりの、は、重たい、よ……っ」

ぎっちり性器を咥えさせられた下腹部は、今にも融解しそうな熱さだった。頼りなくぐずぐずになった響太の内部で、聖の肉杭だけが凛々しく存在を主張している。

「お、おっきく、て、おもた、い……」

「だから、そういうこと言うなって。ぎりぎり我慢してるんだぞ」

非難するように呻いた聖にずんと突き込まれ、響太は甘く走る衝撃に身悶えた。

「んァッ、あぁっ、あ、奥、ぐちゅって……もっとぉ……っ」

「痛くない？　これ、気持ちいいのか？」

「あんっ……そ、れ、ふァ、ああ……好き……っ」

「突くの、いいんだな」

「い、イ、あっ、はぁ、ん、いい、よぉ……」

ずっ、ずっ、と抜き差しされるごとに、聖のそれは大きさを増すように感じられた。髪の先まで帯電したようにびりびりするのが、痛みなのか快楽なのか、響太はもうわからなかった。けれど、聖のひそやかな息遣いと、猛々《たけだけ》しいほど硬い分身は、聖は気持ちいいのだと教えてくれる。

「は、ひ、じ、りぃ……すき、すきっ……ぎゅう、って、して……ぇ」

揺さぶられて途切れる声が甘ったるく掠れて歪む。変な声は恥ずかしいのに、でも言いたかった。

「もっと、して、あっ、あん、い、いくからしてっ……いっぱい、中、して、ア、ぁアッ！」

ねだる途中から聖の動きが速くなり、喘ぎは悲鳴のように高くなった。白く意識が霞《かす》み、とろけて散らばったように感じる身体がひくり、ひくりとわななく。

「――っ、ひ、ん……っあ、ぁ――ッ！」

「ウ、……っ」

きゅっと捻るように身体の奥が締まるのがわかって、瞬間、感覚が霧散《むさん》した。やたらつやっぽい聖の声だけがはっきり聞こえて、いけたのかな、と思ったらふうっと気が緩んでいく。

ひじり、と名前を呼んだつもりだったが、声が出たかはわからなかった。ミルク色にきらきらした霞《かすみ》に意識を支配されたまま、響太は幸せな気持ちで目を閉じた。

◇　その後　◇

一気に春めいた陽気になった三月半ば、東京《とうきょう》から特急で五十分かかる大きな住宅街の一角の、ごく普通の一軒家のリビングで、響太は聖と並んで座っていた。

向かいのソファには、聖のお母さんとお父さん、ソファの後ろには雪が立っている。

「というわけで、一応、報告しておくから」

呆然を通りこして途方にくれている様子の両親や、あからさまに不機嫌そうな雪、はらはらしている響太をよそに、聖は一人泰然《たいぜん》としていた。

「今さらかと思うけど、これからあれこれ余計な口出しされるのも嫌だし、できれば家族と仲違《なかたが》いしないでくれって響太が言うから」

「響太くんが言うからって、聖、響太くんに言われなかったら……言われなかったら、だ、黙ってるつもりだったの？」

着心地のよさそうなカジュアルなワンピースを着たおばさんは、困りきった声で言って横の夫を見やる。響太とはあまり顔をあわせたことのない父親は、口を何度か動かして、結局黙ったまま眉間に皺を寄せた。

「反対されるだろうなと思ってたから、ずっと黙って隠しとおすのもありだなと、俺は思ってた」

「そんな——そんな、家族じゃないの」

「反対されても、響太と別れる気はないから」

きっぱりと聖は言い、響太はびくっと身を縮めた。イギリスで聖が言ってくれた言葉はこの上なく響太にとって嬉しいものだったが、聖の家族に同じことを言ってほしくはなかった。

「響太といるのが一番いいんだ。響太がいるから、さぼろうとかズルしようとか、思わないで真面目にやってられる。仕事を頑張ろうって思えるし、家族も大事だと思えるから」

淡々としているが真剣な聖の言葉に、雪が口をひらきかけ、むっとしたように押し黙った。父親はどんどん厳しい顔になって、首を横に振る。

「打ち明けてくれたのは嬉しいが、賛成はできないな。若気《わかげ》のいたりに決まってる」

「じゃあ、そう思っててくれていい」

「聖！　お父さんも……ねえ、それは、お友達じゃ駄目なの聖」

おろおろと、おばさんは聖と響太を見比べた。困惑して悲しんでいるのが伝わってきて、響太は黙って頭を下げた。友達と恋人の境目《さかいめ》に、唯一の正解を出せる人はきっといない。でも、申し訳なかった。やっぱり恋は身勝手だ。

（でも、聖は……聖が、俺がいい、って言ってくれたから）

だったら、響太も聖の家族に「身勝手だ」と咎められる役割を、担《にな》わなければいけないと思う。

「友達じゃ駄目だから、今こうして話してる」

聖は、なにを言われても動じないようだった。何千回も考えたって言ってたな、と響太は思い出し、こんな場面なのにきゅんとときめいてしまう。

響太がなにも感じていないような頃から、人知れず悩んで、それでも響太を選んでくれたのだと思うと、鈴を転がすような涼しい音をたてて、胸の奥で喜びが揺れる。

「たしかに」

重たい沈黙を破ったのは雪だった。響太がはっと顔を向けると、目があった雪は不満げに眉をひそめる。

「しょうがないのかも、って思うわ。ずるいし許せないけど。聖って昔は片付けもしないし、無愛想で嫌な弟だったもの。響太くんにごはん作りはじめるまでは、男の子ってこのまま反抗期になって、私もとばっちり食うんだわ、って思ってた」

「雪、あなたそんなこと言って」

「私がなに言ったって聖は変わらないわよ。一度だって言うこと聞いたためしがないんだもの。だから、反対したって同じよ。逆に賛成して祝福したって、別れるときは気にもとめないわよ。三年後には別れてたりして」

「別れないよ」

聖は間髪容《かんはつい》れずに言い返した。落ち着き払った表情だった。

「心配してくれなくても、別れたりしない。そんな程度だったら、報告だってしない」

「――聖」

「報告はしたから、帰るよ。母さんに無理させても悪いし。すぐに理解してくれとか、認めてくれとか、そういうことを言うつもりもない。けじめをつけておきたかっただけだから」

静かで落ち着いているものの、意見を聞く気はいっさいない、と宣言するような内容を言い終えると、聖は立ち上がった。響太も慌てて立ち上がる。こういうときはどういう挨拶をすればいいのか、まったくわからないからなにも言えなくて、ただ三回くらい頭は下げた。

行くぞと目線で促され、連れ立ってリビングを出る。聖、とおばさんの声だけが追いかけてきた。

「あなた春はよく風邪をひくんだから、ちゃんと気をつけなさいね」

「――そうする。ありがとう」

そこだけ気の抜ける普段どおりの会話で、聖が口の端でちょっと笑うのが、響太には見えた。動じていないように見えても、聖も緊張していたかな、と思うと、ほっとするような、申し訳ないような気持ちになった。

玄関を出るところまで我慢して、そっと自分から聖の手を握る。聖は意外そうに見下ろしてきた。

「寂しいかな、と思って」

「大丈夫だよ。こういうときのために、何回も何回も考えて、シミュレーションしたんだから」

「何回経験しても、寂しいのって、減らないと思う」

ぴたっと身体ごとくっついて、響太はコートの襟《えり》に顎を埋めた。今日はあたたかくて、ダッフルコートでは暑いくらいの陽気だ。もう春なんだなあ、としみじみ思う。

「……寂しいのに慣れた気がすることはあっても、本当は慣れたりしてなくて、感じなくなってるだけだよ、きっと」

そう言うと、聖はしばらくのあいだ黙っていた。日曜日ののどかな住宅街を二人並んで歩き、小さな川を渡って駅を目指す。

「響太、たまにすごいまともなこと言うよな」

やがて口をひらいた聖はそんなことを言い、響太はむっと顔をしかめた。

「……なにそれ馬鹿にしてんの？」

「違う」

くすっと、優しい顔で聖は笑った。

「それだけ、響太は寂しい思いをしたことがあるってことだよなと思ったんだ。箱があったときも、箱が壊れても」

つないだ手と逆の聖の手が、とんとかるく響太の胸の下あたりを叩く。

「今度は俺が箱になるから、嫌なことがあったら言えよ」

「ありがと。でも、たぶんいらないよ」

嫌な気持ちになることは、きっと山ほどあるだろうけれど、蓋をしてなかったことにする必要は、もうない気がした。聖が響太を置いていったりしないのだと、今はわかっているから。

聖は少しだけ驚いたような、残念そうな顔をしたあとで、ふっと微笑んで前を向いた。

「それはよかった。――帰ったらロッククッキー焼き直そう。でも、もうメモはいらなさそうだよな」

「メモ？」

そういえば最後にメモを食べたのはいつだっけ、と思いながら、響太は首を傾げた。横目で見下ろした聖が頷く。

「もう食べなくてもよさそうだからさ。どうしても、なら、また書くけど、ここ数日メモ食べなくても平気だろ？」

「……聖」

さも普通のことを話すような口調で言われて、響太は何度もまばたきした。

「な……んで、知ってるの？　俺が……俺、メモ食べるって、い、言った？」

「――おまえ、俺が気づいてるって本気で知らなかったのか？」

動揺している響太に、聖は仕方がないな、と言うように眉を寄せる。

「そういうとこ、疑わないっていうか、楽天的っていうか、大雑把《おおざっぱ》だよな響太は」

「お、大雑把じゃないもん」

「大雑把だよ。わりと最初の頃から気づいてたに決まってるだろ。弁当にも作り置きの食事にも、いちいちメモついてて変だと思わなかったのか？」

「……思わなかった」

「あのペン、甘い味だっただろう。食用インクなんだ、お菓子用の。紙はいいのがなかったけど、せめてインクくらい身体に害がないものにしようと思って」

言われて初めて、響太は「たしかに」と思った。最初に食べたノートは、あんなに甘くなかった。おいしかったけれど。

内緒にしていたつもりだったのに気づかれていたのか、と思うと、今さら意味はないのに恥ずかしくて、響太は自分のつま先を見下ろした。

「気づいてたなら、やめろとか、言えばよかったのに。変じゃん……」

「言ってやめられるもんじゃないだろうが。食べられないのだって、努力だけでなんとかなるなら、響太だって苦労しなかったんだから」

聖はきゅっ、とつないだ手に力をこめてくる。優しい力強さにふにゃっと顔が歪みそうになって、響太はそっと聖に身体を押しつけた。

「あの……ありがと。ずっと、長いあいだ、ありがと」

響太の知らないところでも、聖が響太のことを考えてくれていたのだ、と思うと、感動してしまいそうだった。響太が思うよりもずっと、聖が響太のことを好きみたいで。

「俺も、聖のこと、好き」

かなわないけれど、なんでもしてあげたいくらいだという気持ちをこめて呟くと、聖が小さく声をたてて笑った。

「じゃあ、帰ったらセックスするぞ」

「は、あ!? なにがじゃあなの!?」

せっかくいい気分でしっとりと告げたつもりなのに、やたら即物的な単語が返ってきて、響太は目を剝《む》いた。見下ろした聖はにやっと笑う。

「響太に、だいぶ恋人の自覚が出たみたいだから」

「ひ、昼間だよ」

「イギリスでしたときは朝だった」

「ほら、イギリスで、したばっかりじゃん！」

焦ってつないだ手をほどこうとしたら、逃がさない、と言うようにぎゅっと握りしめられ、響太はかあっと赤くなった。聖は相変わらず淡々と、響太を見下ろしてくる。

「響太は体力ないから一日一回と仮定して、一年が三百六十五日。閏年《うるうどし》はおまけしてやるとして、十年分で、しめて三千六百五十回分、俺を待たせたツケを支払ってもらうから」

「無理だよ！　そういうの、毎日するもんじゃないじゃん」

「知らないのか。精液は溜めないほうが健康にいいんだ」

「健康……」

本気なのか冗談なのか、聖の表情は真面目だった。もしかして本気なのかな、と思ったら、たらっと冷や汗が流れる。

「で、でもその計算だと、これから毎日しても、ずーっと、追いつかないよ」

「一日二回ずつすれば五年で十年分を消化できるから、八年以内に追いつく」

「だから無理だってば……倒れちゃうよ」

「無理じゃなくなるようにしてやるけど、まあ無理でもいいんだ」

響太が本気で怯《おび》えかけたのがわかったのか、聖が表情を緩ませた。

「八年後、考えるのも楽しいだろ」

「――あ」

雪さんの言ったの、やっぱりちょっと気にしたんだ、と思ったら、響太の口元も緩んだ。改めて、ぴったり聖にくっついて、頷く。

「そうだね」

聖だって緊張するし、寂しくなることもある。そういうときは、自分が聖の箱になれたらいい。聖がずっと一緒だと言ってくれて、手をつないで、おまじないをしてくれたように。

「八年後でも、十五年後でも、ずっと一緒に聖にいてほしいよ」

いただきます

最初に利府響太《りふきょうた》を見たとき、伊旗聖《いはたひじり》は「せみの抜け殻《がら》みたいだ」と思った。

細すぎる手足と色の抜けたような肌、笑わない表情。どこかぎくしゃくして、聖の知っているどんな子供とも違った。ふわふわ飛び跳ねた癖《くせ》っ毛だけが、やわらかそうだった。

その第一印象は、少しずつ仲良くなっていろいろ話すうちに、あたっているのだとわかってきた。

たとえば、響太は給食が嫌いだった。大勢で食べるのが嫌《いや》なのだと言う。なんで、と不思議に思って訊《き》くと、響太はしばらく考えてから、「だって家に帰ったら一人じゃん」と言った。

「一人じゃなくておばあちゃん、いるだろ？」

「今はね。前は誰もいなかったの。昼間クラスの子たちとごはん食べるの、楽しいけど、家に帰ると、なんだか食べたくなくなるんだもん」

「お母さんとかは？」

「え、いないよ？　遅くならないと帰ってこないし、帰ってこない日とかあるじゃん」

当たり前だろうという顔で答えられ、いや、ない、と聖は思った。聖の母は専業主婦で、外出することはあってもたいてい夜の食事の時間には帰ってくる。

「誰かとごはん食べたあとって、一人で食べるときに、すごい変な味がするから、嫌いなんだよね。食べるの、もともと好きじゃなかったし」

特に寂しそうでもなく平然と言った響太は、驚いて声が出ない聖を見て照れたみたいに笑った。

「でも、おばあちゃんのごはんは好き。あったかいし、いっぱい食べられる」

嬉しそうなその表情に、胸が痛くなって、どきどきした。響太がどうして痩《や》せているのかわかった気がして、きっと寂しかったんだろう、と思うと手をつないでやりたくなった。

でも、響太はほとんど「寂しい」とは言わない子供だった。ただ会話の端々から、本当は寂しいのではないか、と聖が思っただけで、響太に「寂しい？」と訊くと、たいてい「え？　そうでもないよ？」と本当に平気そうな顔で返ってくる。

そういうことがこまごまとたくさんあって、響太が引っ越してきて三か月も経つと、聖は響太を放っておけなくなってしまったのだった。

想像以上に響太には欠けている部分がある、と思い知ったのは、出会ってから四年後の、夏の日だ。響太の祖母が亡くなって、忌引《きび》きが明けても響太は学校に来なかった。心配していた担任に頼まれたこともあって、プリント類を持って訪ねると、響太はパジャマ姿のまま飛びついてきて、泣いた。響太が泣くのを見るのは初めてで、めちゃくちゃ動揺し、破裂しそうなほど鼓動が速くなったのを、妙に鮮明に覚えている。

なにも食べられず吐いてしまう、と泣いた響太は、それでもやはり恨《うら》み言を言ったりはしなかった。両親が離婚すると知っても怒るわけでもひねくれるわけでもなく、身体《からだ》の中の箱の蓋《ふた》を閉めてしまえば平気だと言った。ただ恋はしたくないと言ってくっついてくる響太に、深いところからこみ上げてくる衝動を、聖は味わった。

やわらかくてあたたかい安全な場所に閉じ込めて、抱きしめて、ひとときも離さずそばにいたい。

決定的になにかが欠けてしまっている響太の、自覚しない傷がふさがるまで、とことん甘やかしてやりたい。

それは最初、捨て猫を哀れんで拾うのと同じ気持ちだと思っていた。弱く頼りない存在を守り慈《いつく》しむ類《たぐ》いの、いわば保護者のような気持ちのはずだった。

「聖、じゃがいも買う？」

ふわっと癖っ毛を揺らして響太が振り返り、聖はもの思いから引き戻されて頷《うなず》いた。

「じゃがいもと人参《にんじん》は買う。玉ねぎは足りるかな。にんにくと生姜《しょうが》はあるし」

わかった、と頷いた響太は袋入りのじゃがいもをかごに入れた。隣の人参の特売ポップを覗《のぞ》き込むうなじが白くて細くて、聖はじっくりそこを堪能《たんのう》しつつ訊いた。

「べつにシチューでもいいのに、急にカレーなんて、どうしたんだよ」

「好きになれたほうがいいかなと思って。ほら、お店とかだと、シチューよりカレーのほうがよくあるじゃん」

「外で食べないんだから関係ないだろ」

「だからだよ」

人参をかごに入れて、響太は聖を見上げた。

「イギリスでさ、残念だなって思ったんだもん。素敵なレストランとかあっても、おまじないしないと食べられないんじゃ入れないし、それに、一人で食べられないと、聖においしいお土産《みやげ》買ってあげられないし。聖なしで食べられるようになりたいよ俺」

一度決めると突然突拍子《とっぴょうし》もないことをしたりする響太が、いきなりイギリスに逃亡し、追いかけていってどうにか一緒に帰国したのは先週のことだ。そのまま、しぶる響太を引き連れて実家まで赴《おもむ》いて、聖は響太と別れる気はないと、きっぱり宣言してきた。

それを経ての「聖なしで食べられるようになりたい」発言は、聖にはショックだった。

(セックスだってあれっきりさせてもくれないのに)

イギリスで一度、実家で宣言してきた日に一度。結局二回しか、聖と響太は寝ていない。聖としては響太に言ったとおり、毎日だってするつもりだったのに、響太はとにかく嫌だ駄目だと言うばかりで、本気で避けているふうだから、聖としては諦《あきら》めるしかなかった。

その上さらに一人で食べられるようになりたいなんて、と思いながら、聖は響太の手からかごを取った。

「俺は響太に食べさせるの好きだから、無理しなくていいぞ」

むしろこのままがいい。空いている手で響太の手を摑《つか》み、ぎゅっと握ると、響太はぺたんと寄り添ってきた。聖が十年かけてさりげなく触りまくってきたおかげか、セックスは駄目でも、触れあうこと自体は嫌ではないらしい。

「無理してるわけじゃないよ。このままなの、よくないかなって思ったから」

響太は聖にくっついたまま、かるく唇を尖《とが》らせて、スーパーの通路を進んでいく。

響太のその思いを尊重したい気持ちもある一方で、聖はこのままでいい、とどうしても思ってしまう。俺がいればいい。不自由はさせないし、絶対に置いていったりしないから。

「だからって、俺の作る食事でまで無理しなくてもいいだろう」

「逆だよ。聖のだったらおいしく食べられるから、まず苦手なのを克服《こくふく》して、それからだったら、外の食事もチャレンジできるかなって」

「こだわるな、急に。また誰かになにか言われたとかじゃないよな？」

もし姉の雪《ゆき》がなにか言ったのだったら再度はっきり宣言してこなければと、聖は眉《まゆ》を寄せた。聖の渋面《じゅうめん》をちらりと見た響太は、小さくかぶりを振る。

「誰にもなにも言われてないよ。ただ——外でごはん、一緒になんでもおいしく食べられたりしたほうが、こ、恋人……っぽいよね？」

俺のだけ食べてればいい、と喉まで出かかった言葉は、響太の恥ずかしげな呟《つぶや》きを聞いたら、出てこなくなった。

(恋人っぽい、か)

精いっぱい、響太は響太なりに変わろうとしているのかと思うと、ちょっぴり感動さえ覚える。夕方の混雑しているスーパーの中、聖は響太の頭を撫《な》でた。

「今でも恋人同士だけど、俺なしで食べられるようになる前に、好きじゃない食べ物も好きになるのは、いい考えかもな」

「……だよね」

ほっとしたように、手の下で響太が笑う。

響太はカレーが苦手だ。理由は給食で出たからで、小学校で初めてカレーを食べたとき、クラスメイトが「うちのお母さんのカレーのほうがおいしい」と言ったかららしい。それ聞いたら、なんだかカレー食べたくなくなっちゃったんだよね、なんでかわかんないけど、と、響太はあっけらかんと言った。「うちのお母さんカレーとか作んないし。ていうか、お母さんがごはん作るのかって、びっくりしたなあ」。そう聞いた聖のほうが複雑な心境になった。

ただでさえ苦手な給食で、追い討《う》ちをかけられるように寂しい思いをした響太の気持ちを思うと、聖まで悲しくなりそうだ。

クラスメイトが無邪気《むじゃき》に自慢する家族の手料理を知らない響太にとって、カレーは自分に縁遠い食べ物に思えたのだろうか。給食と比較する味の記憶がないから、寂しくなるから、だったら食べなくていいと無意識のうちに思ったなら、あまりに寂しいと聖は思う。

聖はつないだ手に、もう一度力をこめた。

「カレー、鶏肉《とり》使おう。響太、好きだもんな」

「豚肉《ぶた》じゃなくて鶏肉でもいいの？」

「うまいよ。せっかくだから下味用にヨーグルトも買うか」

「聖の作るごはん、なんでもおいしいから楽しみだな」

見下ろした横顔は無理している様子はなく、明るく元気そうだった。必要なものを揃え、精算をすませて外に出てから、聖は響太の肩を引いた。

無防備に半びらきになった唇を、さっとふさぐ。すれ違った女性がぎょっとした顔をしたが、とても家までは待てなかった。

響太に対する気持ちの発端《ほったん》は哀れみでも、猫ならキスはしないし、セックスしたいとも思わない。

(関係性の名前はなんでもいいけど、第一希望は恋人だからな)

そう思いをこめて、キスしたあとの唇をかるく撫でる。響太はしばらくぽかんとしていたが、徐々に赤くなった。

「……今、おまじないいらなくない?」

「今のはおまじないじゃない。好きだぞっていう、意思表示」

「なにそれ」

「響太がエッチは嫌だって逃げまくるから、好きだって言い足りないんだ」

歩き出しながらしれっと言うと、響太が聖を睨《にら》みつけてくる。

「そんなの、俺のせいじゃないよ! 今までは、今までは聖だって、そんなそぶりなかったじゃん!」

「響太が気づかなかっただけだろ。触っても、食事のとき以外にキスしても、ぼやっとしてそういうもんだと思ってたくせに」

「――っ、それはっ……そう、かも、しれないけど……」

耳まで赤くした響太はもごもごと口ごもり、そっぽを向いた。首も赤い。こんなに可愛くて無防備で、無自覚に刺激してくるのを襲わずに我慢してきたのだから、もっと俺の気持ちを汲《く》んでくれたっていいんだぞ、と聖は思ったが、ため息をついてやり過ごした。相手は響太なのだ。仕方ない。

かわりに言う。

「来週にでも、篠山《しのやま》さんと成原《なりはら》さんを家に呼ぶか」

「えっ？」

「ホームパーティ的な感じで、一応、報告とお礼をしといたほうがいいだろう」

「報告とお礼……」

「俺たちちゃんと恋人同士になりました、その節《せつ》はお世話になりました、って」

「えー……」

ぎゅう、と響太は顔をしかめた。

「やだよ、恥ずかしいよ」

たぶん恥ずかしがるだろう、という予想どおりの反応を示されて、聖は言い返した。

「べつに恥ずかしくないだろ。どうせ二人にはもうほとんど知られてるんだし」

「じゃあいらないじゃん報告」

「でも、はっきりは言ってないだろう？　自分たち以外にも知ってる人がいたら、もっと安心できて、食べられるようになるかもしれない」

聖としては、どこかで成原には釘《くぎ》をさしておきたいのだ。ちょうどいいチャンスだ、と思いつつ、なに食わぬ顔で響太の顔を見つめる。

「おまえの食べられないのって、ずーっと寂しい思いをしてきたからだと思うんだよな。今も改善してないってことは、どこかで不安が残ってるのかもしれないぞ」

「そうかなあ……。不安じゃないし、聖の家族は知ってるけど、改善してないよ？」

「うちの家族は反対してるからな。成原さんと篠山さんなら、おめでとうって言って応援してくれる」

「……応援してくれるかなぁ」

響太は迷っているようだった。もう一押し、と聖はその髪をかき混ぜる。

「食べられるようになりたいんだろ？　いろいろ試してみるのもいいと思う」

「でも、二人ともお土産持ってきてくれるだろうし、それ食べて気持ち悪くなったらやだし」

「無理そうだったら、俺の作ったものだけ食べればいい。それに、最近はおまじないすれば食べられてるだろ」

「――お、おまじない人前ですんの？」

ふわっと頬を桃色にして、響太は上目遣《うわめづか》いで見上げてくる。照れている顔が可愛くて、聖はつい微《ほほ》笑《え》んだ。

「見えないところですればいい」

そう言うと、響太は逡巡《しゅんじゅん》したあと、「じゃあやってみる」と頷いた。聖が内心ガッツポーズしたいくらいだったのを、響太はもちろん知らない。

「よし、じゃあ成原さんと篠山さんに連絡してくれ。メニューはなにがいい？　パーティっぽいのがいいよな」

「あ、じゃあパエリアにして！」

そこだけ、響太は顔を輝かせてわくわくと言った。聖の作った食事には、響太の食欲は旺盛《おうせい》なのだ。

「久しくやってなかったな。じゃあ奮発《ふんぱつ》して、大きいエビ入れような」

あれなら見た目も華やかだし、エビの殻を剝《む》いてやってさりげなく仲のよさをアピールできるしちょうどいいな、と聖は思い、もっともらしく響太に頷いてみせるのだった。


日曜日、午後九時。インターフォンが鳴って、そわそわしていた響太が跳ねるように玄関を振り向いた。忙《せわ》しなく自分のほうを見上げてくる響太に、聖は笑いかけてやる。

「篠山さんか、成原さんだろ。上がってもらって」

「うん」

ほっとした顔をした響太は小走りに玄関に向かい、すぐに弾《はず》んだ声がキッチンまで聞こえた。

「改めまして、お邪魔します利府さん」

「お招きいただいてありがとうございます、響太さん」

「篠山さんも成原さんも、どうぞ」

どうやら篠山と成原は一緒に来たらしい。冷蔵庫からビールを出すと、部屋に入ってきた成原と目があった。

「こんばんは。素敵なお部屋ですね」

「――どうも。狭いですが、ゆっくりしていってください」

にっこり微笑まれて、無愛想にならない程度に言葉を返すと、成原はさげていた紙袋から白い箱と容器を取り出した。

「デザート用のパイを持ってきました。響太さんのリクエストでアップルパイです。アイスクリームを冷凍庫に入れておいていただけますか？　熱々でアイス添えでと、響太さんがご希望だったので」

「ありがとうございます」

やや含みのありそうな台詞《せりふ》を無視して、聖は受け取った容器を冷凍庫に入れた。

「聖、篠山さんは手羽先《てばさき》の唐揚《からあ》げ持ってきてくれたって。どれに出せばいい？」

担当編集の篠山から手土産を受け取った響太が寄ってくる。聖はまだ成原が見ているのを承知で、響太の細いウエストに腕を回した。

「棚《たな》の一番下の白い大きい皿でいいかな。盛りつけは俺がやるから、響太は篠山さんたちと座ってな」

「ん」

この程度ならば聖に触られるのはあまり意識していない響太はあっさり頷いて、手にしていた包みを聖に預けると、「成原さんもどうぞ」と声をかけてテーブルについた。

家では一番大きい皿に手羽先を盛りつけていると、篠山が興味深そうな声を出した。

「このホットプレート、すごくいい匂い。サフラン？」

「あ、これ、パエリアなんです」

「へえ、ホットプレートでできるんですね、パエリア。わたし全然自炊ってしないから、カルチャーショック……」

今日は赤いセルフレームの眼鏡《めがね》をかけている篠山は、蓋の端から湯気を上げるホットプレートに釘付けだ。聖は声をかけた。

「響太、そろそろいいはずだから蓋取って」

「はーい」

小学生みたいな返事をした響太が蓋を取ると、わあ、と篠山が歓声をあげた。

「豪華！　本格的なんですね」

「俺が欲張りだから、聖は鶏肉と魚介《ぎょかい》の両方入れてくれるんです」

響太はなんだか誇らしそうだった。篠山と並んで座った成原が楽しげに目を細める。

「響太さん、さりげなくのろけますね」

「え？　え、今の……いや、今のは全然そういうつもりじゃなくて！」

一瞬きょとんとした響太はぱあっと赤くなった。聖は手羽先の皿をテーブルに運び、かわりに響太の手から蓋を受け取った。

「響太、ビール開けて」

「う、うん」

耳まで赤くなり、缶ビールのプルトップを開ける響太を、篠山も成原も妙に優しい顔をして見つめていた。

家に客を呼ぶのは初めてだ。響太はほとんど他人に興味を持たないので、積極的に仲のいい友人を作ることは今までなかったし、そういう響太にあわせて、聖も家に友人を呼ぶことはなかった。緊張からか、おぼつかない手つきでグラスにビールを注いだ響太は、全員にそれを手渡した。

篠山がにこっとしてグラスを掲げた。

「じゃあ僭越《せんえつ》ながらわたしが音頭《おんど》を取らせていただきますね。利府さんと伊旗さんの、今さらな気がするお付き合い開始を祝して、乾杯！」

「乾杯」

成原は笑って、聖は無表情のままグラスを掲げたが、響太は一人でまた赤くなった。

「ま、まだちゃんと言ってないのに！」

「嫌ですよ利府さん。改めて『俺たちつきあってます』みたいなの言われるのも悪くないですけど、わたしもうわかってますし。ここに来る途中で成原さんにもそれとなく聞いたら、成原さんもご存じだったし、いいじゃないですか」

ぐいっと勢いよくグラスを干した篠山は響太を見てにんまりした。

「わたし、人の恋バナ大好きですし、利府さんの担当としていろんな面でサポートしたいなと思ってますけど、もう変な喧嘩《けんか》はしないでくださいね？」

「…………は、い……」

ほかに返す言葉がないのか、響太は小さくなって頷いている。聖は半分ほど飲んだグラスを置いて、響太の肩に触れた。

「なに？」

「忘れてた。飲む前におまじないしないと」

振り向いた響太がなにか反応する前に、聖はすばやくキスした。かるく触れるだけの短いキスだが、篠山は楽しそうに「きゃー」と言い、響太はますます赤くなった。

「ひっ、人前ではしないって言った！」

「でもおまじないしないとビール飲めないだろ」

「飲めないけど！　でも人前ではしないって！」

「まあまあ響太さん。大人げなくて行儀《ぎょうぎ》の悪い恋人を叱るのはあとにして、せっかくですから料理をいただきましょう。食べないとデザートのアップルパイも食べられませんから」

にこやかに成原が口を挟《はさ》んだ。響太ははっとしたように座り直し、成原に向かって頭を下げた。

「あの、えっと、ごめんなさい成原さんの前で」

「――そうやって謝られると却《かえ》って応《こた》えますね」

成原は苦笑した。

「なんとなくこういう光景を見せられるんだろうなと予測はしてましたし、嫌だったらお邪魔してませんよ。だいたい、響太さんのイギリスでの居場所を伊旗さんに教えたのは私ですからね。気にしないでください」

「その節は、お世話になりました」

そこだけは、聖も成原に感謝していた。「自由にして」なんて言われて、もう駄目か、とさすがの聖も落ち込んでいたときだったから。

「でも残念でしたねえイギリス。もともとは三週間の予定だったのが、三日でしたっけ？」

「はい。聖がそんなに休めないから……でもまた行きたいなって思いました。ナショナルギャラリーとか無料でびっくりして、もっと見たかったから」

「時間がないのにお土産まで、ありがとうございました。編集部みんなでおいしくいただきました、チョコレート」

「よかった。あれ、聖と食べておいしかったチョコレートなんです」

響太は少し話すと肩の力が抜けたのか、リラックスした表情になった。

「成原さんが予約してくれたホテル、便利だし綺麗《きれい》だったし、すごくよかったです。七月にはフランス行くので、それも楽しみで」

　聖が取り分けたパエリアをぱくぱく食べながら、いつになくきらきらした目をしている響太に、成原も愛おしそうに目尻を下げた。

「伊旗さんのコンクールでしたっけ」

「はい。成原さんも知ってますか？」

「私は出たことはありませんが、小規模でもヨーロッパでは定評のあるコンクールですね。伊旗さんは、パティスリー篁《たかむら》にお勤めなんですね」

「ええ」

「兄が篁さんとは面識があって、私もお会いしたことがありますよ」

「成原さん、お兄さんがいるんですか？」

「はい。以前はあまり仲がよくなかったんですが、最近やっと、普通に話すようになりました」

「そっかあ……兄弟って俺、いないから、いるのってどんな感じかなーって思います」

「あら利府さん、兄弟ほしかったタイプですか？」

「んー……ほしいと思ったことはないですけど、たまに、聖と聖のお姉さんを見てると、ちょっとしたところが似てて、不思議だなって思います」

　血のつながりって不思議ですよね、と響太は笑う。

　家族の話題は微妙かなと、聖はそっと響太を見たが、悲しそうでもつらそうでもなかった。

聖が記憶している限り、響太の母親と響太はさほど似ていない。父親は見たことがないが、きっとあまり似ていないような気がする。聖とよく顔をあわせた祖母も、似ていると思ったことはない。そういうところも、響太がずっと一人きりなのを象徴しているようで、聖をいたたまれなくさせる。

「うちは妹がいて、高校くらいまでは鬱陶《うっとう》しかったですけど、今はいてよかったなって思いますね」

篠山が、手酌《てじゃく》でビールをつぎながら言った。取り分けた分のパエリアを食べ終えた響太は、「そういうものなんですね」と言いながら、ちらっと聖を見る。

「うん？　手羽先食べるか？」

「……うん」

落ち着かなげに何度もまばたきした響太は、皿を差し出してきた。聖は篠山の手土産の手羽先をひとつ、そこに載せてやる。

今は事情を把握している篠山と成原も見守る中、緊張した面持《おもも》ちで口に運ぶ響太の太腿《ふともも》に、聖はそっと手を置いた。響太は目を閉じて手羽先にかぶりつき、こわごわ咀嚼《そしゃく》して、飲み込んだ。

「……たべれた」

「大丈夫ですか利府さん」

「はい。ピリ辛でおいしかった。聖も食べる？」

ほっとした顔で響太が手羽先を差し出してきて、おそらく無意識だろうその行動に、聖はついにやけそうになった。視界の端で、成原も苦笑いしている。

「そうだな。味見するか」

　響太の手から受け取って、響太のかじった場所にかぶりつくと、ぱりっと焼けた皮の香ばしい味が広がった。たっぷりついた胡麻《ごま》がおいしい。

「うん、うまいな」

「ここのお店の唐揚げ、好きなんですよ。お酒にあうでしょ。成原さんもどうぞ」

「ええ、いただきます」

　さりげなく会話してくれる二人に素直に感謝しつつ、聖は響太の口元に手羽先を運んだ。

「もう一口食べてみるか？」

「ん」

　響太はあっさり口を開けた。聖の手ごと摑んでぱくりと噛《か》みつく仕草に、聖はたまらず小さく笑った。この、懐《なつ》ききった態度を見せられるたびに、くらくらするほどの満足感が湧《わ》いてくるのを——響太は知っているだろうか。

「響太さんはうさぎに似ていると思っていましたが、子猫ちゃんにも似ていますねえ」

　微笑ましそうに成原が言い、聖は一瞬でむっとして、ひそかに眉間《みけん》に皺《しわ》を寄せた。

　うさぎに似ているなんて縁起でもない。昔、響太が「うさぎだったらよかった」と言って以来、聖にとってはうさぎはちょっとしたNGワードだ。不安になってこっそり調べたところ、うさぎは寂しいと死ぬというより、環境の変化に弱く食事の回数にも気をつけなければいけないので、手をかけてやらないと死んでしまう、ということらしかった。それがどこか響太に似ているように思えたから、余計にうさぎという単語を避けてきた。

寂しいままで死なせたりなんか絶対にしないと、憤《いきどお》りを交えて強く決意した昔の気持ちは、今も少しも薄れていない。

そのあたりの聖の気持ちをいまいちわかっていない響太は、のんきに恥ずかしそうな顔をしている。

「成原さんてば、すぐ動物扱いする」

「だって本当にそう見えるんですよ。どうです、篠山さんから見ても、響太さんは小動物のように思えませんか？」

「うーん、一応仕事相手ですから、あんまりそういうことは考えないようにしているんですが」

ビールを飲みつつ、篠山はわざとらしく難しそうな顔をする。

「子鹿《こじか》ちゃんみたいだなーって、思うことはありますね」

「篠山さんまで！　子鹿はこんなくるくる毛じゃないでしょ」

「そういう問題じゃないですよ利府さん」

ぷっと篠山は噴《ふ》き出した。

「仕事ではけっこうちゃんとしてるのに、ほんと、普段は子供みたいですね、利府さん」

眼鏡の端から指を入れて目元をぬぐい、篠山はしっとり優しい視線を向けた。

「でも、すごく元気になってくれて、安心しました。去年の末から、見ていてこっちまで悲しくなるくらい、いっつも不安そうだったんですもの」

「……俺、そんなでした？」

「そんなでしたよ。ねえ成原さん」

「ええ。一人でケーキを買いにいらしたときも、公園で見かけたときも、頼りなくてふらふらしていて、今にも風に飛ばされて消えてしまいそうでした」

成原も頷いて、響太は居心地悪そうに身を縮めた。

「なんかすごく恥ずかしいです。べつにそんな、大騒ぎするようなことじゃないのに、迷惑とか、心配かけて」

「それだけ響太さんにとって、聖さんが大事な人だということですよ、きっと」

成原は手羽先を片手にしつつ穏《おだ》やかに言う。

「一生そういう相手には出会えない人だっているんですから、偶然にでも愛する人ができたら、大切にするだけの価値はあると、私は思いますね」

響太はまばたきをしながら、成原の言葉を嚙みしめているようだった。さりげなく手助けするような台詞を言える成原に、聖はわずかな嫉妬《しっと》を覚えつつ——自分の目の届かないところで、響太に声をかけたのが成原でよかった、と思った。

悔しいけれど、ほかの変な男でなくて本当によかった。それだけは、神様と成原に感謝したい。恥ずかしげにしながら聖のほうを見上げてくる響太に、聖は小さく笑みを返して、テーブルの下でそっと手を握りしめた。

なごやかで楽しい食事を終え、後片付けや風呂もすませてベッドに潜《もぐ》ると、もう十二時を回っていた。デザートのアップルパイも、もう一度おまじないをして無事に食べられて、響太は満足そうだった。大きな枕《まくら》をかかえてころんと横になり、それに頬を押しつけて呟く。

「なんか変な感じ」

「変？」

「さっきまで、あっちの部屋に、ほかの人がいたのが。……もういないのに、胸んとこがすかすかしなくて、楽しかったな、って思ってる」

「——それならよかった」

聖は自分が乾かしてやった響太の髪を撫でた。油断するとすぐ絡《から》まるやわらかい癖っ毛を指で梳《す》き、うなじのほうまで撫でていく。と、ぴくんと響太は身体を強張《こわば》らせた。

「……俺、寝るね。おやすみ」

「いいよ、寝て」

さっきまで顔はしっかり見ていたから、まだ眠くないのはよくわかっている。今日は逃すつもりのない聖は、背を向けるように寝返りを打った響太のうなじに顔を寄せた。唇を押しつけ、皮膚《ひふ》を強めに吸い上げる。

「っ……寝る、ってば……っ」

「だから、寝てていい」

「そんなことされたら寝れな、あっ」

手を胸に回すと響太は声を跳ねさせた。あてがったてのひらの下、心臓がどきどきと激しく動いている。響太は今でも結局聖のスウェットを着て寝ていて、ぶかぶかなそれをめくり上げると、嫌がるように身をよじった。

「ね、やだよ……ねむい、もん」

「俺が触りたいだけだから、いいよ。じっとしてな」

「あっ……や、だぁっ……んッ」

乳首に触れた途端《とたん》、ひくりと腰が揺らめいて、響太は息を呑《の》む。優しいタッチで、聖はそこをこすった。

「くすぐったい、よ……やだ」

もじもじと身体を揺らしながら、響太がか細く訴える。声は濡れていて、すでに気持ちよくなっているのがはっきりわかった。嘘《うそ》が下手な響太は、身体も素直で隠しておけないのだ。聖はそっと耳朶《じだ》を咥《くわ》えた。

「力抜きな。痛くしないから」

「ふ、あっ……耳も、や……あッ」

舌で耳のかたちをなぞるように舐《な》め、両手でゆるゆると乳首をこする。抱きかかえた響太の身体はぼんやり熱を帯びていて、ほどなく乳首がふっくらと大きくなった。

「響太、痩せてるのにやわらかいよな。いろんなとこ」

「んや、あっ……つまむのや、……ァ、は、……ッ」

「つまんで、こうやっててっぺんこすると気持ちいいだろう。お尻動かしてる」

「動かしてないっ……あ、はぅ、あっ……や、だめッ……」

背中を丸めて耐えようとするのにあわせて、右手をウエストからスウェットパンツの中に差し込むと、下着はじっとり湿り気を帯びていた。

「やァ、さわらな、あっ……ふ、ァッ」

小柄《こがら》な体格に見合う控《ひか》えめな大きさの性器は、可哀想《かわいそう》なくらい張りつめていた。下着越しにぬるぬるると先端をこすると、びくびく身体が跳ねる。

「聖っ……だめ、出ちゃう、やだ、じんじんする、やだっ……」

「いいから出して。我慢しなくていい」

「や、いや、あぅ、んっ、んーっ……、く、ぅ」

ぐりっ、と少し強めに刺激すると、手の中のものはぴくりとうごめき、響太は両手で口を覆った。

指の隙間《すきま》から甘い呻《うめ》きが溢《あふ》れて、下着の中にどろりと精液が溜まっていく。

「んん……あ、きもち、わる、……っ」

「今脱がせてやるよ」

喘《あえ》ぎながら身をよじる響太がたまらなく可愛かった。パンツを押し下げると、濡れそぼってくったりした性器が現れて、聖はそこを隠すようにてのひらをあてた。指で陰嚢《いんのう》を掬《すく》うようにして、股間の奥のやわらかい場所を撫でてやる。

「はぁっ……ん、ひじ、り、やだそこっ……アっ」

「すぐ達《い》っちゃったから、気持ちよくなり足りないだろ。ほらここ、好きだろ？」

「んや、好きじゃな、……あっ、ひァ、あ、溶けちゃうから……っ」

「溶けないよ。また勃《た》ってきた。——こっちは？」

「——ッ、ア、あぁっ、や、もっとやだっ……だめ、あ、ぁっ」

前から回した手で股間を持ち上げるようにして、窄《すぼ》まりを指先でつつくと、響太はかくんと顎《あご》を上げた。のけぞる身体をかるく制し、聖は手を外さないよう気をつけながら、響太を仰向《あおむ》けにして自分が上になった。半端《はんぱ》にスウェットが脱げた扇情的《せんじょうてき》な格好で、響太が聖を見上げてくる。聖はできるだけ優しく笑った。

「毎日できるようになるためにも、後ろも慣らしておこうな」

「あっ……！」

両脚を上げさせ、胸につくように折り曲げる。おしめを替えるようなポーズを取らせて、露《あら》わになった股間に、聖は顔を伏せた。精液と先走りで濡れた蟻《あり》の門渡《とわた》りから、きゅんと窄まった孔《あな》に、舌を這《は》わせる。

「ひ……ンッ、や、ぁあッ、舐めな……あ、はぁッ……」

「孔、ひくひくしてる」

唾液《だえき》をまとわせた襞《ひだ》をかき分けてそっと指を挿入すると、とろとろとやわらかい粘膜《ねんまく》が吸いついてくる。くちゅくちゅ音をさせて中を拡《ひろ》げるようにいじると、響太が泣くような声を上げた。

「ひじ、ひじりっ……なか、や、あん……っ」

「この浅いとこ、痛くないし気持ちいいだろう？」

「はぅ、あっ、や、きもち、ぃの、やっ……」

「や、じゃない。慣れたら気持ちいいの、好きになるから」

「むりっ……きもち、い、とろとろ……むりだよ、ぉ……っ」

ぐすっ、とすすり上げて、響太が首を左右に振った。涙が頬を伝っていて、泣かれると弱い聖はため息をつきたくなる。

仕方なく指を抜き、涙を舐めとってやると、響太はふにゃふにゃ口元を歪《ゆが》ませた。

「なんでそんなに嫌なんだよ。痛くしてないだろう？」

「痛くない……けど、きもちいいの、駄目だもん」

「どうして」

「――お、思い出すから」

心細そうに視線を揺らして、響太は聖を見つめた。

「中、聖が入って、きもちよくなると、……思い出すんだもん。次の日とか、聖がいないときとか、急に……思い出して、勃、っちゃう」

恥ずかしげに小さい声で言われて、聖は思わず額《ひたい》を押さえた。やばい。可愛い。

「――思い出してもいいだろ。そういうときはすぐに言えば、またキスでもエッチでもしてやるから」

「やだ」

響太は頑《かたく》なで、幼い子どもみたいな表情でふいっと横を向いてしまう。

「成原さんは、エッチしない恋人もいるって言ってたし！」

「成原さんて……おまえ」

いったいあの人とどんな話をしているんだよ、と瞬間的に苛立《いらだ》ちそうになって、聖は大きく息をついた。

「あのな響太。そういう恋人も世の中にはいるかもしれないけど、俺はしたいんだ」

「――今まで、一回もそんなこと言わなかったじゃん」

「今まで、死ぬほど我慢してたんだ。こんなに我慢できる男は俺以外にいないなっていうくらい、我慢した」

真顔《まがお》で告げると、う、と響太は声をつまらせた。上気したままのやわらかい頬を、聖は手の甲でゆっくり撫でてやる。

「セックスしない恋人はいても、セックスする友達はいないだろ。俺は言葉でも、行為でも、態度でも、響太の恋人になれたらいいと思ってる。ほかの人とはしないことだから」

「――聖」

「舐めて、触って、つながってると、嬉しいんだ。響太がここにいて、俺のことを好きでいてくれてるって実感できるから」

囁《ささや》いて口づけると、ふ、と響太は息を零《こぼ》した。唇は震えていて、もう一度口づけると、受け入れるように淡くひらく。

「俺……聖のこと、好き」

「うん。わかってる」

聖の気持ちに応《こた》えようと精いっぱい努力している響太はいたいけで可憐《かれん》で、同時に今までよりも少しだけ大人っぽく、綺麗にも見えた。

誘うように舌を覗かせる響太の唇を聖はふさぎ、舌を差し込んで、ゆったり舐めまわした。

「んん……ふっ……は、ぁっ……」

「このキスは、嫌じゃないよな」

「ん、……やじゃ、ない……」

「セックスも、何回もしたら、少し慣れて楽になるよ。俺はキスと同じくらいいっぱい、響太とつながりたい」

キスを繰り返して抱きしめると、響太は目元をとろんとさせて、恥じらうように視線を伏せた。

「――前より、聖と離れたくなくなっちゃったんだ」

言い訳のような甘えた口調が耳をくすぐる。うん、と相槌《あいづち》を打って、聖は何度も響太の髪を撫でた。

「聖と、手とか、つなぐと嬉しいし。いないと、早く帰ってこないかなって思うし。恋人同士になったのに、不安じゃないのに、もっともっと、ほしいんだよ」

「そうか。それでいいよ」

「よくないよ……欲張り、みたいで。慣れられる気がしないもん」

「それだけおまえが俺をほしがってくれてるってことだろ。大丈夫だよ」

なだめて、聖はそっと手を下肢《かし》に這わせた。

「入れるのどうしても嫌なら、これ、舐めてやる」

「あっ……さ、さっきも舐めてた……っ」

「さっきはここじゃなかっただろ。それに、何回でも舐めたい」

ちゅ、ちゅ、と唇を押しつけながら手で性器を揉《も》むと、響太は何度もまばたいた。

「舐めるの――おいしい？」

そんなことを気にするあたりが響太だなと思って、聖はちょっと笑って頷いた。

「そうだな。うまいよ」

「……じゃあ俺も舐める」

「え？」

驚いて訊き返すと、響太は身体を起こして、じっと聖のそこを見つめた。服ごしにもはっきりわかるほど硬く大きくなったそこに、まばたきしながら手で触れられて、聖はごくりと喉を鳴らした。

——これは、予想しない展開だった。

だが、嬉しくないわけがない。

「無理は、するなよ」

喜びと期待で声が掠《かす》れ、下着ごと脱いでそこを響太に晒《さら》してやる。響太ははあっとため息をついた。

「聖の、おっきいよね」

「まあ、身体がでかいからな」

「こんなの、二回も俺の中に入ったとか、嘘みたい……」

独《ひと》り言のように呟きながら、響太はうずくまるようにしてそこに顔を近づけた。

「いただきます」

ご丁寧にそんなことを言い、躊躇《ちゅうちょ》もせず手で支え、ぱくん、と先端を口に含む。

「んむっ……ん、う……」

あたたかくぬめった口内に雁首《かりくび》まで包まれて、ざわりと肌が粟立《あわだ》つ。ちらっと上目遣いで見上げてくる響太の表情もたまらなくて、聖は頭を撫でてやった。

「いいよ。そのまま、苦しくないとこまで咥えて」

「ん……ぐ、んっ……」

こくっと頷いて、響太は大きく開けた口に聖を入れてくれた。先端が上顎でこすれ、ぞくっと快感が走り抜ける。開けっぱなしの響太の口からは唾液が溢れ、それが幹《みき》を伝うのも気持ちがいい。

「っ、出し入れして。上顎で、先っぽがこすれるように、頭振ってみな」

「く、んっ……ぅ、ん……っ」

声を漏らしながら、響太は言われたとおり顔を動かした。ぬるぬるこすられ、もどかしい快感に自ら腰を振りたくなるのを、聖はこらえた。

「手も動かして……そう、下のほうこするともっと気持ちいいから。舌は俺のにあてて、動かせそうだったらぺろぺろってしてもいい」

「はぁっ……こ、う？」

大きく息をついて一度口から出した響太が、舌を伸ばしてちろちろ舐めてくれる。上手だよ、と聖は目を細めた。

「まずくないか？」

「――コーヒーよりおいしい」

真面目《まじめ》な顔で響太は言い、またぱくりと口に含んでくる。さっきより少し大胆《だいたん》に、唇や上顎で刺激され、聖はゆっくり響太の髪をかき混ぜた。

「俺も、響太の口の中、めちゃくちゃ気持ちいいよ」

「ふぅっ……んく、……ん、ぅんっ……」

ちゅぽちゅぽ音をさせて口を動かす響太は、とろんとした顔になっていた。半分瞼《まぶた》を伏せ、夢中で聖のものを舐めながら、小さく尻を動かしている。しゃぶって感じるのか、と思うとにやけそうになり、聖はかるく響太の頭を押さえた。

「少し動かすぞ」

「ん……んぐ……ぅ、んーッ」

硬い先端を上顎に強めにこすりつけると、面白いように響太が背を波打たせた。二度、三度と抜き差しすると、ひくひくと腰が揺れはじめる。聖はそのまま出したい衝動をこらえ、自身を引き抜いた。

つぅ、と唾液が糸を引く。上気し、焦点のあわないとろけた目で、響太が聖を見上げる。その顔を撫でて、聖は華奢《きゃしゃ》な身体を抱くようにして押し倒した。

「口で飲むのは次のときにして、今日は入れたい」

「明日思い出したら、またすればいいから、こっちでも咥えて、飲んで」

「――っ、聖」

言いながらできるだけ丁寧に脚を押しひらき、窄まりを広げて己《おのれ》をあてがうと、響太はびくん、と震えた。

「聖……っ」

「大丈夫。俺は絶対、響太を置いていったりしないからな。安心して、慣れて、思い出せばいい」

不安げに揺れる眼差《まなざ》しが愛しい。聖は唇を重ねてから、ぐっと自身を突き入れた。

「あ――っ……、は、あッ、……ぅっ」

すくんで強張る響太の身体を、両手で撫でてなだめてやる。きつく締まって阻《はば》もうとする内壁《ないへき》を突き崩すように、小刻みに穿《うが》ち、半分ほど挿入して動きをとめた。

「はぁっ、あ、……は、ぁ……」

「痛いか?」

「た、くな……けど、くるし、……熱、……っ」

「乳首してやるから、力抜いて」

ちゅ、と頬にキスし、聖は少し強めに乳首を引っぱった。きゅう、と背を反らせた響太の口元が、とろけるように緩む。

「ふぁあっ……あ、はぁッ、あぁ、きも、ちぃ……よぉ」

「中入れてるときいじるといっぱい気持ちいいだろ。中、びくってする」

「あふぅ、や、らぁっ……まだ、うごいたら、あ……ンッ」

「緩んでるから入る」

「らめ、ま、た……い、ちゃ、出ちゃ……あッ」

腰を浮かして身悶《みもだ》える響太の分身から、言葉どおりぴゅくぴゅくと体液が溢れてくる。萎《な》えたまま力なく揺れる性器から溢れてくるそれは半透明で、聖がかるく突くたびに、何度も滲《にじ》んだ。きゅっと乳首を引っぱるだけでもとろりと溢れさせる健気《けなげ》さに、聖は歯ぎしりしそうになった。

(可愛い反応するんだよな、響太。これじゃ達きっぱなしだろ……)

「ん、ふぅっ、や、ああっ……、どくって、ひじり……っおなか、くるし……っ」

「響太が達くからだ。……くそ」

我慢できずにぐいと奥まで分け入ると、響太は痙攣《けいれん》するように全身を震わせた。とろけるようにやわらかい内壁がうごめいて、孔のふちがきゅっと聖の雄《おす》を締めつけてくる。

「ひじりっ……ひじりぃ、おなか、あつい、よ……あ、あつ、いぃっ……」

「——く」

呻いて、聖はなおも腰を振った。熱い泉のようにぬかるんだ響太の奥は、ずんと突くたびにいっそう深くまで飲み込んでくれるようだった。張りつめた先端が奥の壁に突きあたり、吸いつくように密着するのが震えるほど気持ちいい。

「ひ……ん、ぃ、やっ……ら、と、まんな……ひ、ぁッ」

揺さぶられながら、響太が涙を浮かべて身をくねらせる。ひっきりなしに汁を零し続ける響太のそこを見つつ、聖は深々と埋め込んだまま左右に揺すった。

「——あ、ぁあっ……っや、ぐちゅぐちゅ、や……っあ、ァ……」

仰《の》け反り声を途切れさせて、響太が絶頂に達するのがわかった。絞るように聖の根元が締めつけられ、ぶわりと射精感が押し寄せてくる。抗《あらが》うようにピストンして、断続的に震えて締まる感触を味わいながら、聖は一番奥で射精した。

「……ふ、ぁ……あ、ぁ、は、……っ」

勢いよく迸《ほとばし》る自身の精液が、狭い響太の中に溢れてぐっしょりと濡らしていく。一噴きごとに襞がうごめくのが繊細《せんさい》に伝わってきて、射精は長く続いた。

「あ……ぁ、は、……、あ、……」

深々と挿入したままで出しきったとき、響太はとろけた顔で脱力していた。大きく脚をひらいたまま、中に出されて放心している表情に、このままもう一度はじめてしまいたいのを我慢しなければならないのがつらい。

一晩に二回するのはまだ先だなと思いながらまだ硬い己を引き抜いて、くたんとしている響太の身体と自身を綺麗に拭いてから、聖は響太を胸に抱き込んだ。

ぽんぽんと頭を撫でると、響太は猫みたいに顔をすり寄せてくる。

「すごく、聖のにおいがする……」

「そうか？　おまえのにおいもするだろ」

「んーん。聖の、においがする」

そう言う響太の顔は、嬉しそうで、幸せそうだった。安心しきった表情で、聖の身体に抱きつく仕草が可愛い。

「エッチ、やっぱり恥ずかしいけど……終わったあとぎゅってされるのは、嬉しいかも」

「――そりゃよかった」

要はまだ子供なんだな、と思うと苦笑が漏れて、聖はそっと背中を撫でた。細くて華奢で、食べさせても太らない小さな身体。普段の食事はできるだけ栄養バランスを考えて作っているのだが、もうちょっと積極的に甘いものを食べさせてもいいのかな、と考えて、ふと聖は思い出した。

「そういや、アップルパイって、一度しか作ってやったことないよな。好きなら、言えばいくらでも作ってやったのに」

「……ああ、あれね……」

こしっ、と響太は額をこすりつけて、聖の服の裾を握った。

「アップルパイが、すごく好きで、成原さんにリクエストしたわけじゃないよ……おいしかったけど」

「俺のケーキとどっちがうまい？」

「聖の」

「じゃあなんでアップルパイだったんだよ。明日焼こうか？」

「だから、違くて」

うー、と唸《うな》って、響太が顔を上げる。

「成原さんを招待するのに、お店に行ったんだけど」

「うん」

「それで、来てくれませんかってお願いして、聖さんとは順調ですかって訊かれて——思い出して」

「なにを」

「だから！　さっき言ったじゃん。聖といないときも……その、いろいろ思い出して、勃っちゃ、う、って」

恥ずかしすぎてか怒ったような声になった響太が、ぎゅっと抱きついてきて、聖は意味がよく呑み込めないまま抱きしめ返した。

「思い出して勃つのが、なんでアップルパイなんだ？」

「もういいじゃん……思い出したせいで、アップルパイしか思い浮かばなかったの！」

「余計わからん。なんでだ？」

これは是《ぜ》が非《ひ》でも訊かねば、と無理に顔を上げさせると、響太は真っ赤になって目を逸《そ》らした。

「——聖が、入ってると、溶けちゃいそうなんだもん」

「？」

「ひ、一人でいるとき、思い出して、なんであんなに溶けちゃいそうなのかなって、胸のとこきゅってなるし、甘酸っぱいケーキ食べたときみたいだなって考えてて、でもすごい気持ちよくて、身体中熱くて、なのに嬉しいみたいな感じで……聖とエッチするの、アイス載っけたアップルパイみたいだなあって、思ったから」

予想外の答えだった。へえ、と微妙な声で相槌を打ってしまってから、腹の底から疼《うず》くような感慨《かんがい》がこみ上げて、聖はぐっと響太を抱きしめた。

「その理由、成原さんには話してないよな」

「言うわけないじゃん！　言えないよこんなの」

「じゃあいい。やっぱり、明日アップルパイ焼く」

「……いいよ、恥ずかしいもん」

「食べたらもう一回セックスするから」

「……っ」

「アップルパイより聖のがいい、って言うまでしよう」

「馬鹿……っそんなの」

きゅっと背中に回った響太の手に力が籠《こ》もる。

「――そんなの、いつだって、聖のほうがいいに、決まってるよ」

拗《す》ねたような口調で言われた内容は、半《なか》ば予想どおりだったのだけれど。

響太が言っていることの意味と破壊力を自覚していないにしても、やっぱり言われると嬉しいもんだなと、聖はこっそり安堵《あんど》しつつ、響太のつむじに唇をくっつけた。

あとがき

こんにちは、または初めまして。リンクスさんで七冊目になりました葵居《あおい》です。

またまた幼馴染みものですが、今回は包容力のある攻と危なっかしい受の組み合わせです。途中で「聖《ひじり》はどう考えても童貞だよね」と気づき、童貞なのに、童貞なのにとだいぶツッコミを入れてましたが、逆に考えたら愛の力だけですべて乗り越える最高の攻な気もします。受の響太《きょうた》とセットで、好きになっていただけたら嬉しいです。

今回はおいしそうな日々の食事と同時に、カラフルなお話にしたいなという希望があったのですが、前作に引き続きイラストをご担当くださったカワイチハル先生のカラーイラストが、素晴らしく鮮やかで美しくて、ラフの段階からため息がとまりませんでした。モノクロイラストも含めて、皆様にも色彩豊かに楽しんで読んでいただけたんじゃないかなと思っています。カワイ先生、本当にありがとうございました。

いつも的確にフォローしてくださる担当様、校正者様、ここまでお付き合いくださった読者の皆様にも、心からお礼申し上げます。ブログでおまけSSを公開しますので、読んでやってくださいね。また次の本でもお目にかかれれば幸いです。

二〇十六年二月　葵居ゆゆ

http://aoiyuyu.jugem.jp

この本を読んでのご意見・ご感想をお寄せ下さい。

〒151-0051
東京都渋谷区千駄ヶ谷4-9-7
(株)幻冬舎コミックス　リンクス編集部
「葵居《あおい》ゆゆ先生」係／「カワイチハル先生」係

リンクス ロマンス

箱庭のうさぎ

2016年2月29日　第1刷発行

著者……………葵居《あおい》ゆゆ
発行人…………石原正康
発行元…………株式会社　幻冬舎コミックス
〒151-0051　東京都渋谷区千駄ヶ谷4-9-7
TEL 03-5411-6431（編集）
発売元…………株式会社　幻冬舎
〒151-0051　東京都渋谷区千駄ヶ谷4-9-7
TEL 03-5411-6222（営業）
振替00120-8-767643
印刷・製本所…株式会社　光邦
検印廃止

ISBN978-4-344-83656-3 C0293
Printed in Japan

幻冬舎コミックスホームページ　http://www.gentosha-comics.net